D1348617

F-29

# Les Prières du corps

# Eloy Urroz

# Les Prières du corps

Traduction de l'espagnol (Mexique)
Marianne Millon

MILLE ET UNE NUITS

Titre original : *Las Plegarias del cuerpo*
Première publication dans le recueil *Tres bosquejos del mal*
Siglo XXI Editores en México, 1994.

© Eloy Urroz, 1994.
© Éditions Mille et une nuits,
département de la Librairie Arthème Fayard, novembre 2001.
ISBN 2-84205-624-8

*Pour Selma*

1. Le Seigneur me dit : Allez, et aimez encore une femme adultère, qui est aimée d'un autre que son mari, comme le Seigneur aime les enfants d'Israël, pendant qu'ils mettent leur confiance en des dieux étrangers, et qu'ils aiment le marc de vin, au lieu du vin même.

2. Je donnai donc à cette femme quinze pièces d'argent et une mesure et demie d'orge.

3. Alors je lui dis : Vous m'attendrez pendant plusieurs jours ; vous ne vous abandonnerez cependant à personne ; vous n'épouserez point un autre mari ; et je vous attendrai aussi moi-même.

*Osée* 3 : I-3

*Premier jour*

Cette nuit-là ils m'ont emmené. Je ne me rendais pas compte que j'étais dépouillé de ma première sensation : avoir un corps. Alors, sans le savoir, je l'ai perdu, peut-être uniquement pour le récupérer. Depuis ce jour je le retrouve en mémoire, pour conserver cette sensation, pour rester vivant.

J'écris.

Cette nuit-là ils m'ont emmené, il y a des années, à La Paz. Peu importe la nuit en question : n'importe laquelle. Toutes les ténèbres se ressemblent. Dans l'espace, j'en suis sûr, il y a une seule nuit, identique. Nous la regardons parfois, d'autres fois nous savons que c'est la même et que c'est nous qui sommes différents. Elle, pour sa part, nous contemple, éternelle et majestueuse.

« Federico, aujourd'hui tu vas être content, a dit Cecilio en riant ; les autres aussi ont ri, dans la voiture.

– Alors comme ça, tu es puceau. C'est marrant ! dit Hugo sur un ton goguenard. Les putes adorent ça, tu le savais, Fede ? »

Les autres applaudissent, ils m'applaudissent moi. Il fait nuit noire et les vitres sales de la Ford la rendent encore plus opaque. L'obscurité s'interpose entre les choses et nous, nous surveille. Étais-je lié à eux pendant le trajet, à leurs applaudissements qui m'étaient en fin de compte destinés ? Ressentais-je la même joie ardente qu'eux ? Il s'agissait pourtant de réjouissances unanimes, car on allait me dépouiller de cette ultime innocence. En fait, à un certain niveau de ma conscience ou de mon âme, je ne sais pas si je communiais avec leurs corps étrangers et sûrs d'eux. Peut-être, ou peut-être ne communiais-je qu'avec leur mémoire, quand ils ne furent qu'une seule et même substance. Je ne sais que me répondre. Encore moins à l'époque. *Aujourd'hui* le poids de tout ce désir qui m'engloutissait m'angoisse. Je le découvre : c'est le poids flagrant des illusions, leur forme amère, contenue, qui m'interroge, car dans quelques heures elles cesseront d'être ce qu'elles avaient été jusqu'alors, ce qu'elles furent toujours : du désir pur.

« Si ton père l'apprend, il va nous tuer, Fede, dit Cecilio. Mais c'est pour toi qu'on y va, ou l'un d'entre vous veut-il lui aussi tremper son biscuit ? »

Nous nous mîmes tous à rire. Si j'entendais *aujourd'hui*, après tant d'années, mon rire, j'y découvrirais peut-être le timbre d'une douleur tranchante et prémonitoire, la fatigue qui naît de l'impatience même du désir.

« Dites, c'est vachement loin, fit Hugo. Cette foutue route me rend nerveux, il n'y a aucune signalisation. Ceux qui rentrent sont toujours saouls, attention, Cecilio, ne prends pas de risques. Eh, faites-lui la conversation, sinon il va s'endormir. Bon sang, Fede, ouvre le bec une bonne fois pour toutes, elles se sont mises à gonfler d'un coup, ou quoi ?

– Le pauvre, il a un vermicelle, dit Cecilio en lâchant le volant.

– Toi, conduis et ne te laisse pas distraire, lui dit Solón, son frère, de plus en plus silencieux, de plus en plus en retrait.

– C'est ça, occupe-toi de conduire, Cecilio », répéta Hugo en imitant la voix efféminée de Solón.

*Aujourd'hui* Hugo n'est plus. Sa mort survint deux ans plus tard, je l'appris par mon cousin Cecilio. Au début, je ne le crus pas : par téléphone, les choses sont presque impossibles à croire. Et puis sa mort constitua en quelque sorte une angoisse, une chute dans un abîme. C'était certain, c'est certain, tout simplement parce que de nombreuses années se sont écoulées depuis et que Hugo a bel et bien disparu. Lorsque quelqu'un disparaît, cela signifie qu'il est mort. Lorsqu'on vous le raconte, le défunt meurt deux fois : c'est une confirmation, il y a permanence de la mort, il s'agit d'Hugo, l'ami que l'on a aimé, *évidemment mort*, celui qui n'apparaîtra plus jamais devant nous avec son énorme bedaine, toujours loquace et nerveux. C'est celui qui ne sera plus jamais là. Ce fut le premier décès que j'appris. Le premier, du moins pour moi, éprouvé et véridique. Auparavant, je n'avais pas ressenti la mort de cette façon, elle n'existait que dans les films. Tout cela survint, je m'en souviens bien, deux ans après cette nuit où j'acceptai de perdre, une bonne fois pour toutes et pour toujours, la sensation. Le corps.

*Aujourd'hui* je sais très bien que la mort et l'amour nous donnent la vie. Comment ? En l'écornant, en l'éteignant. La mort et l'amour nous offrent la mémoire durable de la vie. On s'en rend compte en fermant les yeux, et l'on *voit*. Puis on réfléchit. Alors on se *souvient*. Réfléchir, c'est se souvenir, faire des variations sur le thème du souvenir. La vie se perd et la mémoire demeure. C'est aussi naturel que peuvent l'être l'amour et la mort, et je crois que seuls les enfants l'ignorent.

Il n'y a pas tellement de choses que je regrette dans ma vie, cela revient à accepter que tout ne mérite pas que je m'en souvienne. Pourquoi ? Je ne saurais le dire encore. *Aujourd'hui* justement, je parviens à distinguer trois très grands salons sur un côté de la route, en rase campagne, en pleine nuit. Depuis le chemin, j'entends un fond musical, à peine un vagissement complaisant ; j'observe comment la lumière des salons parvient à blesser l'air, les ténèbres épaisses, le temps suspendu à celui que je tente de pénétrer et où j'aimerais m'abandonner *aujourd'hui*. La Ford franchit cette mince bande de terre jusqu'au bordel. Je ressens une douleur diffuse au bas-ventre : ce sont les arrêts imprévus de la Ford, le manque d'espace, la chaleur poisseuse de la nuit et les rires, la musique qui, peu à peu, sollicite l'oreille et l'imprègne. Ce malaise provient peut-être de mon impatience à perdre immédiatement mon corps, son innocence. *Aujourd'hui* je le comprends : tous les hommes essaient de le récupérer, du moins ceux qui comprennent que nous survivons grâce au corps et à son innocence. Un poète portugais et un poète grec le savent simultanément. Le premier va se refuser à tous les corps, le deuxième vit en retrouvant la mémoire du sien. Très différents, ils survivent cependant tous deux à leur manière. Ils ont tous les deux raison, mais l'un des deux a peur. Le premier, Pessoa, écrit :

« Par quel geste de mon âme
Puis-je amorcer le pas jusqu'à posséder
Le corps d'autrui, ce corps horriblement
Vivant, conscient, attentif à moi, pareillement
[lui-même
Comme moi je suis moi. »

Le deuxième, Cavafy, dit :

« Mon corps, souviens-toi bien sûr combien tu as
                                        [été aimé,
Souviens-toi bien sûr des lits où tu t'es allongé,
Mais souviens-toi surtout des désirs qui faisaient
                                        [pour toi
Briller les yeux,
Trembler les voix, et qu'un caprice du hasard
N'a pas laissé s'accomplir. »

*Aujourd'hui*, je cherche à retrouver ces voix, le
tumulte des gens et de mes amis ; j'entendrai les bruits
des choses qui n'en ont pas fait : le paysage désarmé, ces
êtres vulnérables et leurs ombres. Je comprendrai le son
et le silence qui lui est inhérent et, au moment où je
contemplerai, où je me rappellerai en voyant, je fonderai
le langage des sensations. Je me souviendrai de désirs
que même eux, mes amis, ignorent avoir éprouvés. Je
dirai ici les mots qui ne parlent pas, ceux qui ne sont
rien et se comprennent *naturellement* : langage de celui
qui regarde un film muet et, en se concentrant, sait,
comprend ce que l'on n'entend pas. J'en altérerai le sens
juste pour me rappeler à nouveau et créer ce que je vis
et meurs à peine ; j'en effacerai la signification et prive-
rai les choses de leur nom. Le langage que je conjure
sera vu, *désiré* comme s'il était engendré par la nostalgie.

Nous descendons de la Ford. Soudain quelqu'un me prend dans ses bras, j'ignore lequel de mes amis, je ne les vois pas. J'ai peur, *aujourd'hui* je ne veux pas rester ni m'en aller, je voudrais juste que ce moment ne soit jamais arrivé. Je sais que je ne pourrai pas naître deux fois, je l'oublie juste l'espace d'un instant et me replonge dans le désespoir. Je constate que personne ne me plaint. Je m'adresse des reproches : Comment as-tu pu oublier ça, Federico ?

Nous entrons dans le premier salon. Au-dessus, sur une enseigne au néon brisée, on peut lire : El Ranchito. À ce moment précis, un homme dégingandé, ivre, me frôle ; il ne s'en aperçoit pas, car il ne connaît rien de sa peau ou de son corps. *Aujourd'hui* je suis fragile et sensible, de façon indéfinissable. *Aujourd'hui* quand ? N'importe quel *aujourd'hui* dans lequel je réussisse à être fragile, c'est sans importance. Par exemple, *aujourd'hui où j'écris et me souviens* – ... que cela s'est passé peu avant que j'écrive -, *aujourd'hui* où j'entre dans le premier bordel et où un homme repoussant, qui ignore tout de lui, me touche.

J'écoute la musique, l'orchestre joue inlassablement sur une estrade située à côté de la piste. Les couples dansent ; il y a quelques femmes parfumées, vulgairement habillées de mauve, de vert et de bleu ; d'autres avec des gants en velours noir supportent la chaleur et étreignent n'importe quel homme. Qu'ils s'étreignent sur la piste d'un bordel, qu'ils ne s'étreignent pas et ne se soient jamais vus, qu'ils s'aiment et n'aient pas dormi ensemble ou qu'ils aient une fois, pour leur malheur, dormi ensemble et croient s'aimer, c'est pareil. Tout est diffus, irrémédiablement condamné à la trivialité. J'écoute attentivement les cumbias et *aujourd'hui je sais* que ces musiciens ne se lasseront jamais de jouer pour la piste de danse d'El Ranchito. Ce que je perçois est peut-être l'Éternité ou du moins un de ses simulacres.

Les femmes se laissent un peu tripoter, jamais trop, « elles perdraient leur dignité ». Nous les regardons. À leur insu, j'observe avec précautions Solón, le plus timide, Cecilio, Hugo le grassouillet et Octavio. Ils ont peur, je le sais ; mais ils se sourient, tentant de dominer leur nervosité. Nous voyons en même temps une femme étreindre un homme et cependant elle a peur elle aussi ; de son côté l'homme craint la femme bien qu'il l'étreigne. Moi, je suis intimidé comme eux parce que je devine que sous la tension des corps la crainte fait des ravages : elle se partage équitablement, on tente de la tromper, de la faire baisser, peut-être, en la répartissant entre tous. Je le découvre et subis immédiatement la contagion ; j'aide, sans l'empêcher, à la distribution de cette peur universelle.

Nous traversons le salon, marchons très lentement, ensemble ; nous sommes différents, ces hommes le reconnaissent et nous le savons, personne ne le dit parce qu'il n'y a rien à se dire, personne ne parle parce qu'il n'y a encore personne qui nous appelle, il n'existe personne pour nous dire un mot grossier ou nous prendre soudain à parti. Je pense qu'on voudrait alors nous chercher et nous demander ce que nous voulons, ce que nous avons bien pu venir chercher là, parmi les prostituées.

Nous avançons entre les tables en désordre, zigzaguons avant d'aborder, comme s'il s'agissait d'un bateau ou d'une île, l'autre rive du salon, toute proche du bar, un refuge au milieu d'une si atroce obscurité et du bruit. Ici les gens nous observent moins. Les serveurs courent d'un côté à l'autre et crient aux hommes qu'ils s'occupent de leurs consommations. Il y a du travail : personne ne nous regarde parce que le mouvement estompe l'espace et nous protège. Cecilio s'approche de l'un d'eux et, d'une petite voix pusillanime, commande des bières pour tous. Le garçon n'en tient pas compte, s'en va. J'observe fugitivement mes amis, eux en revanche ne s'occupent pas de moi ; ils se font des grimaces, dissimulent leur peur devant moi, le plus jeune.

Octavio suggère de sortir. L'air est vicié, il vous attrape et vous barbouille. Nous quittons le salon comme nous y sommes entrés, en file indienne, ridicules, en nous cachant dans un autre espace-temps, où les corps et l'espace se prolongent. Je sens qu'on me regarde. Mes cousins, Solón et Cecilio, sont respectivement âgés de dix-sept et dix-huit ans, Hugo dix-neuf; Octavio quinze seulement, moi quatorze : je ne suis pas grand, je ne serai jamais très grand. J'imagine que les autres le savent et que c'est pour cela qu'ils observent mon corps de petite taille, dissimulé entre ceux de mes amis. J'avance à leur rythme et, enfin, épuisés, nous découvrons la porte par laquelle nous sommes entrés. Là, une femme habillée en bleu me fixe, m'ausculte; je la regarde et bats des paupières. Je ne peux m'empêcher de détourner les yeux et, sans le vouloir, je contemple ses jambes car elle les appuie au mur. Je lève la tête et découvre le large dos d'Octavio, laisse mon regard s'y reposer comme s'il s'agissait de l'ultime fortification, un bastion où la peur n'existe pas encore. Je déteste les yeux ou la vision, ils constituent une autre partie de mon corps, étrange et extérieure à moi, ne m'appartiennent pas et me renvoient toujours à l'*autre*. Mes paupières tremblent, je me les masse, mais ensuite, inévitablement, mes yeux pleurent. Peut-être à cause de la fumée de cigarette ou de la température. La chaleur lourde se déverse de tous côtés et m'épuise. Nous sortons.

Dehors, des gens marchent, un ivrogne étreint brusquement une femme par derrière entre les voitures. La chaleur d'août est semblable au feu intérieur des corps qui consume et dégrade l'atmosphère du salon. Nous entendons clairement les protestations feintes de la femme et en rions entre nous. Il n'y pas autre chose à faire que de rire des protestations mensongères de la femme. Octavio insiste pour que nous entrions dans le salon voisin, à tout juste vingt mètres de là. En haut, au-dessus de la porte d'entrée, comme pour El Ranchito, je lis : El Ferry, et je m'en souviens bien, c'est ce nom-là parce que c'est justement le salon où elle m'a trouvé au moment où je la regardais et ce n'est qu'alors que j'ai pensé, à tort, que c'était moi qui l'avais trouvée. Ce sont toujours les femmes qui nous trouvent ; il y a une erreur congénitale, ancestrale, dans le fait de supposer que l'on a trouvé une femme, qu'on la découvre, c'est faux : c'est elle qui se découvre volontairement devant nous, ôte son voile, et attend que nous découvrions quelque chose en elle. Ainsi, rien n'est vrai dans les yeux d'une femme.

Elle, la prostituée, est accoudée au comptoir et bavarde, de côté, avec le patron. Il y a très peu de clients. Personne ne danse, on entend seulement un juke-box isolé dans un coin : il murmure tranquillement et mélodieusement sans s'imposer, respectant la paix de cette enceinte d'amour. Les yeux rivés au comptoir, j'entends les couples bavarder. Ils boivent peu, fument, écoutent sans se comprendre, respirent, répondent. La femme est brune, mince, elle a le corps svelte d'un adolescent de treize ou quatorze ans qui s'allonge à peine, son corps est presque le reflet du mien. Elle a peu de hanches et de poitrine ; son visage, sous la lumière, est tranchant. Les pommettes révèlent une sorte de regard insomniaque et chaleureux quand elle s'arrête, entrouvre les lèvres et me montre ses dents. Elle sourit. Ses yeux brillent d'un éclat intense malgré le temps soudain accumulé et puis ils brillent *aujourd'hui même*. Elle comprend ce que je veux comme aucune autre femme auparavant, le désespoir que révèle cette bouche rigide, inexpressive ; elle comprend ce que je ne suis même pas capable de comprendre et qui me menace, depuis des siècles, comme un poison. Elle connaît le corps, l'attente et les désirs secrets, sinistres, de chaque homme. Elle rit et m'attrape dans son expression, attendrie ou essayant simplement de m'attendrir.

Elle porte une robe violette, ample et sans manches, avec des pois et des broderies ajourées ; des bretelles traversent ses épaules nues. La regarder m'inspire une certaine tendresse ; elle, ses yeux ou sa moue, je l'ignore. Ses bras se meuvent à travers l'air nocturne qui habite le salon, ce qui permet à la brise de se glisser sous ses aisselles, de lui frôler les jambes, dont l'une est appuyée à la balustrade où chacun des consommateurs laisse reposer son corps ivre.

Je m'approche d'Octavio et Cecilio, qui parlent à mes côtés. Je parviens juste à balbutier que c'est *elle*, la

même, elle dont j'ai rêvé il y a des années. Ils sont surpris, rient sans bouger, j'ignore à quoi ils pensent ou
pourquoi ils se moquent. Je leur répète que c'est *elle*.
Hugo s'approche et me demande si j'en suis sûr. Je sais
pertinemment que c'est elle, dans le salon d'El Ferry,
un jour d'août ; il fait chaud et ses yeux brillent, s'em-
brasent, *et aujourd'hui je comprends que ce sont ses boucles
d'oreilles infâmes qui irradient, m'attendrissent*, les mêmes
qui se reflètent dans ses pupilles et les enflamment,
ensorcelant les ingénus. Je pense cependant que c'est
l'amour qui m'émeut bien que je sache *maintenant* que
je me trompe ; ce n'est qu'*aujourd'hui*, après tant d'années, que je me demande si l'amour a quelque chose à
voir avec la tendresse et si mon corps a quelque chose
à voir avec l'affection de cette femme, là devant moi.
De longues années plus tard, je découvre que non, que
la tendresse et l'amour ne sont qu'une jouissance mor-
bide, une sorte de maladie qui affaiblit les sens et les
anéantit.

Hugo s'avance vers elle avec orgueil et dès lors l'espace dans lequel j'évolue est absurde et lent. Il se pro-
longe encore. Hugo est grand, plus sûr de lui ; nous
devinons son parcours, le long trajet qu'il va effectuer
entre les tables. Il se dirige là-bas, révélant les origines
du corps et de l'instinct. Il arrive au comptoir, s'approche d'elle, mais elle ne me quitte pas des yeux un
seul instant. Pour la première fois, pendant qu'ils sou-

rient, je découvre une autre maladie du corps, sa pire allergie peut-être : je suis jaloux, je suis jaloux d'Hugo qui est en train de parler à la prostituée. Il m'adresse un clin d'œil, un signe de la main que je regarde *maintenant* précisément se déliter dans le temps et la distance. Solón me touche l'épaule, me pousse légèrement. Je pense que je n'aurais jamais dû franchir le seuil de ce moment, je me demande s'il est encore possible de souhaiter autre chose, mais je n'en ai pas la volonté. J'essaie de chercher où naît l'angoisse, dans quel recoin de mon corps. J'entends le murmure des autres derrière moi. J'actionne mes jambes avec peine, je me dirige vers le comptoir en proie à une grande inquiétude, je le reconnais : la peur étreint mes muscles, mes genoux, en même temps que je laisse retomber mes bras, sans volonté. Depuis cet instant, *aujourd'hui je le sais*, le corps a commencé à vieillir, les mains s'engourdissent, la torpeur et la fatigue dans le cou augmentent. Il n'est pas bon de protester, de contredire mon destin. Je sens qu'elle a posé sa main sur la mienne. Hugo me fait un nouveau clin d'œil conciliateur qui se dissipe soudain en une simple expression dépourvue d'oubli et d'entendement. La femme marche devant moi, m'entraîne, ne me lâche pas un instant. Enfin, nous sortons par la porte arrière du salon. J'imagine encore mes amis et mes cousins, comme si penser à eux me conférait de la force. Je vois un étroit chemin en béton. Nous sortons, les chambres sont contiguës. Je lui demande si je pourrai la déshabiller quand nous entrerons. C'est vrai, c'est ce que je lui dis. Elle accepte, mais elle ne peut pas comprendre, elle ne comprend pas mon espoir, ce désir flagrant que, pour la première fois, j'ose exprimer devant quelqu'un. Je ne le regrette pas, je l'ai dit, c'était mon rêve de déshabiller une femme, non de la pénétrer seulement.

Nous nous arrêtons dans une sorte d'antichambre où un gros homme ne manque pas de m'observer. Elle me dit que je dois payer la chambre. Je sors un billet. Elle désigne le gros homme et il me sourit : je ne discerne pas si c'est de la moquerie ou de la commisération, peut-être a-t-il pitié de mon corps. Il survit lui aussi du désir comme tous, *aujourd'hui je le sais*. Je le paie. Il passe les mains sous le meuble : il en retire deux billets et les pose tranquillement devant moi. Chercher, rechercher l'aboulie de mes mains, la maladresse de mon corps et le soumettre davantage, dilater le temps de mon rendez-vous avec la prostituée et prolonger indéfiniment l'espace. Le gros homme se moque. Je prends les billets sans le frôler, attentif à son art de la prestidigitation. Je les range dans une de mes poches et elle me reprend par la main. Nous marchons et je désire du fond du cœur que cette pute soit ma femme.

Elle ouvre la porte de la chambre sans clé, peut-être se contente-t-elle de la pousser. *Aujourd'hui* surgit l'idée que, malgré tout, j'obéis à une injonction et qu'il m'en coûte de la suivre. Sa volonté préétablie, c'est-à-dire celle de cet Ordre qui nous dépasse tous un jour, me retient. *Je le comprends aujourd'hui*, mais je regarde alors cette femme pousser la porte et elle s'ouvre immédiatement. L'ordre nous attend tel un énorme tigre prêt à bondir. J'ai peur de perdre l'équilibre et de tomber dans l'abîme si je trébuche, si ma voix hésite ou jaillit un instant. Elle reconnaît le corps qu'elle va apaiser et je ne dois pas avoir peur.

Quand je prends conscience de l'endroit où je me trouve, la porte s'est refermée ; mais la lumière est devenue blafarde et tache tout. La femme ne m'a pas attendu, elle ôte seule ses vêtements. Je l'observe et elle ne comprend pas mon air réprobateur. Elle a gardé ses chaussures à petits talons. Elle n'a plus que son slip ; les seins de la prostituée sont menus et pointus, ses mamelons très larges, en me touchant, s'écrasent vers le haut. Elle tente d'agir avec une attention feinte, comme une mère.

Je m'agenouille, la regarde quelque secondes et découvre les commissures de ses lèvres intriguées, ses yeux immenses. Avec les mains et dans un ordre parfait, je fais glisser son slip en veillant à garder la paume de mes mains sur ses hanches. J'approche mon visage. Quand le slip est parvenu aux genoux, elle interrompt ma tâche et décide de soulever un pied pour s'en débarrasser. Elle s'appuie sur l'une de mes épaules. Elle me relève en me prenant les mains et m'amène au bord du lit, me déshabille, se couche, je suis devant elle et *aujour-d'hui je sais* que le corps qui est là, qui m'attend, ne m'appartient pas, feint juste d'être mon corps, son reflet, qui s'offre. Son corps ne sera pas à moi même si je couche avec lui, c'est un spectre, rien de plus. Rien n'a un corps pour soi, personne n'a jamais eu le corps de quelqu'un. Mais à l'époque je ne le sais pas.

Elle me sourit, je contemple à nouveau les commissures morbides de sa bouche, l'infamante tendresse qu'elle suscite chez les hommes. Elle me demande de venir, oui, pas devant elle, ni à côté, mais sur elle. Je suis là, je ne me rappelle pas comment cela s'est fait. Je ne lui dis rien, je me contente de descendre pour la sentir, pose mon visage, me retiens et appuie, la suce. Puis je m'écarte d'elle et aspire une gorgée d'air, me lève, approche mon regard de celui de la prostituée. Visage inexistant, inintelligible. Je sens sa main diriger mon pénis vers le bas et en elle. Je veux en comprendre un peu plus et soudain c'est impossible. Je pose la bouche sur ses épaules et ne retiens pas ma salive, la mouille. Elle bouge sous moi, légère, comme si je n'étais pas sur elle ou si elle ignorait que je suis un corps dans son horrible pesanteur. Je bouge, la suis. Je ne trouve pas où m'appuyer, le point, la pierre angulaire, n'apparaît tout simplement pas, et il ne reste plus qu'à être là, à bouger sur elle. À cet instant précis, je crois que je suis sur le point de m'évanouir.

Ce fut tout. L'âme et la chair ne seraient plus jamais une seule et même substance. La désolation les concernait toutes les deux désormais. L'*âme* et le *corps*, identiques au début, n'étaient que l'*âme et le corps* irrémédiablement séparés. Il restait la lutte incessante pour chercher une éducation dans chaque corps : la séduction perdue et retrouvée. Souhaiter, obtenir et perdre immédiatement. Ainsi, jusqu'à la fin.

« *Dis, petit, lève-toi* ; tu m'as mis de la salive sur l'épaule », me dit-elle en me repoussant sur le côté.

Près de moi, Solón et Octavio titubent, transpirent, la Ford prend le chemin du retour en ville, vers la côte ; la route est la même, la même qui conduit partout et nulle part, mais le monde est différent, étroit. Octavio et Solón, tous deux à côté de moi, n'arrêtent pas de s'insulter en termes narquois. Le premier traite l'autre de clown maniéré ; Solón l'insulte, ils plaisantent, tout le monde se tord de rire dans la voiture. Plus petit, entre eux deux, il y a moi, Federico, sur le siège arrière : j'entends leurs imprécations et le vacarme qu'ils font. On dirait qu'ils m'ont oublié l'espace d'un instant ; non, je me trompe : ils se sentent tout simplement en confiance, car aujourd'hui je suis l'un d'eux, ils fêtent l'unanime dépouillement de mon corps, l'acte qui, enfin, me relie au monde et me réhabilite à ses yeux. Ils sont contents et *aujourd'hui* je peux imaginer leurs yeux arrogants, leurs regards crépitant dans la nuit. J'observe le chemin, les mains de Cecilio qui ne lâchent pas le volant. Des ténèbres chaudes et épaisses amortissent nos peaux qui, à cause des mouvements du véhicule, se touchent sans le vouloir. Je veux que personne ne pose son regard sur moi. Heureusement, la position du siège de la Ford nous isole. Je ne trouve pas d'autre interstice ou d'autre façon de me diminuer et de disparaître que de me concentrer sur la route et d'observer du coin de l'œil les mains de Cecilio, qui me demande maintenant à brûle-pourpoint :

« Alors, tu l'as sucée ? »

Ils se mettent tous à rire juste au moment où la Ford tangue. *Aujourd'hui* je n'aurais pas honte de leur dire la vérité :

« Pour qui tu me prends, tu crois que je suis fou ? »

Je parle et ils me croient : seul un fou ferait ça. Ou un naïf. Je réponds avec aplomb et suis immédiatement attristé de mentir. La route est presque droite jusqu'à la côte de La Paz, sa jetée agréable et, à cette heure, probablement déserte. Les phares de voitures isolées trouent l'obscurité et l'épais sens du temps. Je me rends, chétif et sans volonté, pour empêcher une sorte de tristesse intense, j'opte pour la partie la plus fragile de l'esprit et, sans me le proposer, je commence à rêver. Je m'endors.

Je m'endors, il fait nuit. Il règne une clarté aveuglante dans la cuisine. J'attends avec ma sœur et mon père qu'*elle* nous serve le dîner. Nous buvons un verre de lait. J'observe le duvet du maxillaire de ma sœur, trempé, tout blanc. Je me moque de Selma en la voyant se découper sous la lumière du plafond, mettre de grandes cuillerées de sucre dans son verre. Mon père me reprend et je me tais. J'entends crépiter l'huile des saucisses qu'*elle* est en train de faire frire. Maintenant elle me regarde. Elle a l'expression la plus chaleureuse que je verrai d'ici de longues années. Je ne trouve cette expression nulle part. Puis, aimable, avec ses beaux yeux, son visage délicat baigné par cette source de lumière, elle me dit quelque chose, je n'entends que cette voix et le monde devient alors tout petit : il n'y a que ma mère qui m'observe et sa peau qui s'évapore dans le maniement des ustensiles de cuisine, mon père qui nous dispute, le crépitement de la poêle sur le feu. Sa silhouette est fragile, presque brisée. Elle peut à tout moment s'échapper, fuir, *je le sais aujourd'hui*. Mais pas à l'époque. Cela me fait de la peine de ne pas l'avoir su cette nuit, la suivante et les précédentes. Nous dînons. Ma mère s'installe avec difficulté sur la chaise, elle attend un autre enfant ; son ventre révèle une grossesse récente, deux mois peut-être, pour que je prenne conscience de l'arrivée à la maison d'un nouvel être et m'y habitue. *Aujourd'hui je sais* qu'il ne viendra jamais et j'ai honte.

La lumière qui descend du plafond définit les contours et nous aveugle ; à table, nous parlons tous en même temps. Nous voulons dire quelque chose d'important, imposer notre voix et notre volonté. On mastique, on gesticule, on fait des gestes excessifs avec les mains et tout est bientôt découpé pour moi par cette lumière et sur le fond obscur de la nuit aux fenêtres. Chacun veut prononcer ses paroles sans savoir que tous cherchent également à s'affirmer devant l'*autre*. Chacun doute de soi et pour cette raison, ébloui, se nomme, élève la voix. Je regarde ma mère comme si elle était un autre frère, elle nous interrompt, nous prend la parole ou nous la cède, bouge et égratigne l'espace comme nous sans imaginer que nous la copions, exactement comme je vois Selma, ma sœur, le faire, comme je me contemple dans le miroir rond d'un comptoir, ou, parfois, dans le dressing de mes parents en leur absence. Nous parlons, personne n'y prête la moindre attention. Mon père est celui qui s'exprime le moins, et lorsque c'est le cas, n'importe lequel d'entre nous l'interrompt et lui prend la parole. Il ne s'en formalise pas et comprend. Oui, il comprend : nous sommes identiques à elle. Le dîner s'achève et nous savons, ma sœur et moi, qu'il est l'heure d'aller au lit. Il est neuf heures du soir. Nous ne nous endormons pas avant qu'elle monte nous border.

Selma et moi, chacun dans notre chambre, nous l'entendons monter. Nous nous retournons, cherchant à prolonger ces minutes fugaces. Nous guettons son pas. Elle entre dans la chambre de ma sœur et s'occupe d'abord d'elle. J'entends les deux voix féminines, une prière que je connais et qui commence par : *Baruj Atá Adonai*. Je comprends que ma sœur ne veut pas la laisser partir et la retient. J'entends enfin ma mère lui dire au revoir et se diriger vers ma chambre. Il fait sombre, seule pénètre la lumière que laisse entrer la porte entrebâillée. Cette lumière s'étend. Elle entre et j'aperçois son corps, ses bras ; elle s'assied au bord du lit après avoir remonté les draps sur moi. Je sens ses mains frôler ma poitrine en retapant le couvre-lit. J'ai froid, je m'emmitoufle et me couvre de mes mains. Ma mère me serre à travers les couvertures et je parviens à me réchauffer un peu plus. Je m'inquiète ; elle murmure à peine la prière : *Baruj Atá Adonai*. Chacune de ses paroles est un baume et aussi, sans qu'elle en ait conscience, une piqûre, oui, la fin malheureuse de son passage dans ma chambre. Je cherche juste les mots susceptibles de la retenir un peu plus longtemps, mais je ne parviens pas à les trouver. La prière est sur le point de s'achever, elle s'égrène douloureusement ; je l'entends bientôt avec tristesse me souhaiter bonne nuit ;

ma mère se lève et l'espace qu'elle a occupé est devenu *une île à l'abri des heures,* car une chaleur inconcevable s'en dégage précisément, une onde chaude que je ne parviens pas à générer par moi-même en étant tranquille et endormi. Je ne découvre pas ce que conserve son corps. Je profite de cet espace et m'y accroche. Ma mère s'incline et me donne un baiser sur la joue. Je ne trouve rien qui lui ressemble pendant longtemps. Ce n'est pas de la tendresse ou de la charité, il ne s'agit pas non plus de l'agréable corruption du baiser reçu. C'est de la chaleur. La chose la plus semblable que je garde en mémoire sont ses baisers indélébiles, qui se répètent si je m'en souviens, transformés en chaleur. Je conserve la sensation même après lui avoir demandé de ne pas fermer la porte, je veux les entendre tous les deux, mon père et elle, et je m'endors.

Je dors. Je relève la tête et je sais maintenant qu'elle se trouvait sur l'épaule de Solón. Octavio, mon ami de Mexico, me secoue. Je me dégourdis un peu. J'entends la voix souriante d'Hugo dire : nous somme arrivés, petit, et je comprends que c'est un autre qui dort toujours, blotti dans ses rêves à côté de sa mère et que c'est également un autre qui écrit cela de nombreuses années plus tard. Il y a une étrange sensation dans tout cela, c'est-à-dire dans le fait de découvrir que nous avons peut-être un jour été les mêmes. Non, ce sont juste mes

semblables, je me souviens d'eux, nous nous en souve-
nons entre *eux*, c'est-à-dire entre nous. Même s'ils
n'écrivent pas, ils se souviennent peut-être de moi. Cela
me fait alors du mal de savoir que je ne suis pas lui, que
je ne suis pas celui qui rêve, j'ai honte de savoir *qu'aujourd'hui je suis celui qui écrit*, celui qui n'est là que pour
tout écrire : je comprends immédiatement que jamais
personne ne vit et ne se rappelle les choses à la fois. Je
me suis décidé pour la mémoire qui absout, la mémoire
qui sauve du temps fugace. Mais qui m'absoudra de ces
moments pendant lesquels je ne suis que mémoire, écriture ? J'ai à nouveau mal de le savoir, car je le comprends
parfaitement et c'est vrai. Je vis et l'enfant de neuf
ans qui dort dans l'espace chaleureux que sa mère lui
offre parfois le comprend aussi ; je vis et l'adolescent
de quatorze ans à peine dépouillé pour toujours de son
innocence le comprend, oui, ce jeune garçon qui
aujourd'hui même, à La Paz, ouvre les yeux, assis dans
une auto ; je vis et ils le comprennent enfin, bien qu'ils
ne s'en souviennent certainement pas encore. *Aujour-
d'hui* il n'y a que moi qui le comprenne et je m'en souviens en détail, nettement, je comprends et je ne
parviens cependant pas à le vivre et à l'examiner une
bonne fois, en un seul temps simultané et parfait.

Octavio et moi descendons de la Ford. Il est tard,
les phares éclaboussent la maison et le quai d'en face
de leur éclat. J'ignore quand je leur ai dit au revoir. La

voiture démarre tout simplement et je vois, au loin, le bleu de sa peinture déteindre de plus en plus avant de disparaître. La brise maritime parvient à me réveiller un peu. Les rouleaux assourdissants couvrent les derniers bruits de la Ford. On ne voit plus d'autre maison que la nôtre et les phares éclairent à peine les grosses planches brisées et couvertes de mousse du quai. Je respire et j'entends la voix d'Octavio, il est arrêté sur le terrain dont se servent mon oncle et mon père pour y garer leurs voitures. Il m'attend. Son appel ressemble plutôt à une sorte de sifflet pour ne réveiller personne à cette heure. Je ne fais pas ça, je suis tranquille et j'observe les voiliers et les yachts sur le quai. La mer respire profondément, elle souffle comme une baleine et, à nouveau, se prépare et prend des forces. Les rares palmiers vibrent dans la rue. Soudain le monde s'arrête, reste en suspens, et je contemple mon corps debout, supplanté et étranger. L'espace de quelques secondes, tout ce qui m'entoure, la vague en colère et ses cercles concentriques d'écume, la brise invisible et tenace, le ciel traversé par les mâts d'un voilier, les yachts somnolents, l'oscillation incessante des palmiers, l'inflexible sifflement de mon ami, naît pour la première fois comme s'il n'avait jamais été. C'est là l'ordre éternel, inaugural, que je découvre dans tout ce qui m'entoure. Soudain je sens une main. Voyant que je ne réponds pas, Octavio me tire par la chemise. Il est mécontent, mais que peuvent signifier ses reproches ? Oui, c'est ça, je le sais *aujourd'hui*. Mais comment cela peut-il avoir un sens, qu'une personne en apostrophe ou en morigène une autre quand elle ne la comprend pas ? Comment cela peut-il avoir un sens que les mots, impudiques humeurs des hommes, insistent pour signifier quand ils n'ont jamais eu de sens et, s'ils en ont eu un jour, celui-ci s'est détérioré, a perdu sa force de harcèlement ? D'où proviennent donc les exigences d'un ami envers l'autre ? Je ne comprends pas ce qu'Octavio tente de me dire et je ne veux même pas le savoir. L'espace d'un instant, resplendit en moi un silence si vif, si sonore qu'aucune voix ne peut le perturber : il ne faut pas se parler parce qu'il n'y a simplement rien à dire, il n'y a rien qui vaille la peine d'être écouté, le dialogue est une imposture, une simple superstition des hommes quand ils veulent communiquer entre eux. On monologue. Tout le monde se parle à soi et à aucun autre.

Octavio ouvre la porte de la maison et murmure que je suis devenu fou. Il murmure des paroles dépourvues de sens comme toute chose. Je le suis, me déshabille. Je me couche, ferme les yeux. Je dors.

Je ne dors pas. J'ai les yeux grands ouverts. Je respire avec difficulté. Le sang me bat les tempes. Il n'y a personne à la maison, juste ma sœur et moi : la bonne reste chaque fois que mes parents s'absentent. J'imagine ses longs cils et son regard posé sur l'éclat trompeur de la télévision. Epifania a de très longs cils, ils brillent à cause de la lumière de la télévision dans la cuisine. Je devine depuis ma chambre, sur le lit, son menton également long, presque triangulaire. Ses pommettes excessives pour son visage brun étroit. J'imagine, de là, de mon lit, son corps joyeux et réprimé par son propre poids sur le siège. Elle est attentive au téléviseur bien qu'elle sache que je vais l'appeler bientôt. Elle attend. Nous attendons tous deux que ma sœur s'endorme. Mes parents sont partis à peine une demi-heure plus tôt. Malgré le froid, je sens une chaleur étrange sur mes joues. J'ai les yeux grands ouverts, habitués à l'obscurité de la pièce. Pas Epifania. Elle a le regard fixé sur le téléviseur, les cils imprégnés du pollen de la lumière des lampes et les yeux fiévreux, fixés sur la boîte. Epifania se laisse facilement abuser. Je l'ai fait. Je ne sais plus très bien comment, mais un jour, l'après-midi, j'ai osé lui dire que je l'aimais et elle m'a cru. Ce fut peut-être le premier mensonge amoureux que je prononçai. Peut-être ne l'ai-je pas trompée et feignit-elle de l'être. Ce fut un dimanche muet et tiède au cours duquel les *tejocotes*\* et les poires du jardin ne se balançaient pas, l'unique eucalyptus était tranquille et ne dégageait

---

\* Fruits jaunes apparentés à la cerise.

aucun parfum. Ce dimanche, donc, je la vis arriver soucieuse à la maison, je lui dis quelque chose et elle ne me répondit pas. On voyait qu'elle avait vraiment de la peine. Je lui demandai ce qu'elle avait, elle ne dit rien et se retourna sans me regarder. La pesanteur de ses épaules me séduisait. L'affliction qui les soulevait impliquait, en même temps, un plaisir ou un désir profond de les attirer à moi. Nous parvînmes à la buanderie. J'avais l'habitude d'aller la voir quand elle faisait la lessive ou le repassage. C'était une pièce douce et calme, très semblable à l'impression laissée par la chaude étreinte de ma mère et ses prières. Nous regardions les cimes des arbres, les futaies paisibles somnoler, le jardin silencieux, disparaissant sous le gris superflu de l'après-midi. Le coin où nous bavardions était alors ductile, imprégné de l'arôme de l'amidon. Les chemises dans le panier, les chaussettes en boule, le linge de corps net et d'une blancheur éclatante, les gigantesques pantalons de mon père accrochés aux cintres, toute chose exposée là était sacrée et, en même temps, bénie par l'aspersoir d'Epifania, qui officiait dans cette enceinte de chaleur, dans cet espace mémorable et embaumé. Ce fut alors qu'elle me dit, dans un élan douloureux, que son fiancé ne voulait plus la voir. Elle ne comprenait pas encore pourquoi et se sentait malade, sur le point de défaillir ; je pensai qu'elle avait un accès de fièvre. Elle s'approcha de moi et je la pris dans mes bras. Très lentement, avec précaution, je mis les mains autour de son cou et *le lui dis à l'oreille* bien que je n'aie jamais su pourquoi. Je ne sais même pas si c'était vrai, si dans un recoin secret de mon être il y avait vraiment de l'affection. Je le lui dis et je sentis son corps se rasséréner contre le mien. Elle ne fit rien d'autre. Nous échangions depuis lors des regards entendus, silencieux.

Ce dimanche-là, elle m'avait donné le nom d'un monsieur inconnu. J'oubliai ce nom. Mais je l'aimais, du moins je le croyais, je le lui dis et me trompai ou elle se trompa ou voulut me tromper. Je ne trouve encore pas une seule réponse après toutes ces années. On ne connaît pas une femme, on ne peut pas non plus partager sa douleur avec elle. La nôtre, celle qu'elle apercevait avec moi en cachette, se transforma à peine, et sans nous en rendre compte, en désir pur : dans le fond, nous partagions l'impatience de nous frôler, d'entrouvrir les yeux et de laisser les membres mélancoliques, d'oublier leur pesanteur l'espace de quelques heures et de nous autoriser de faux spasmes et la consolation.

J'ai les yeux grands ouverts comme les nuits où mes parents sortent et où Selma, ma sœur, dort au creux des heures. Il est neuf heures du soir. Ma chambre est plongée dans l'obscurité, mais un mince rai de lumière pénètre par la porte entrouverte. J'entends au loin le téléviseur de la cuisine. Elle attend ma voix. Le sang me bat les tempes et une plaque de chaleur recouvre lentement mon corps et mes joues. Je l'appelle enfin. C'est une plainte, presque une supplique pour que je monte vite. Mes parents ne sont pas là et notre excuse est que les enfants attendent qu'on vienne les border, qu'on les protège et qu'on laisse de la lumière dans la chambre en partant. Soudain, le petit bruit distant du téléviseur disparaît. J'imagine ses mains, les longues mains d'Epifania qui mettent le tablier, ajustent la robe rose de façon à la mouler et à faire ressortir ses formes. C'est le cas et elle laisse deviner sa chair de vingt ans à peine. Ses yeux ont perdu leur éclat, ses cils sont hauts, ils pourraient être l'ombre d'un oiseau qui vole et vous cache le soleil si vous le regardez. Ses cils ressemblent également à l'ombre d'un arbre. Epifania gravit l'escalier recouvert d'un tapis, j'entends ses pas amortis, son corps svelte et sans rumeurs qui pourraient paralyser son désir secret. Elle se laisse conduire par le désir qui surgit sous sa peau au moment précis où elle se rend dans la chambre de ma sœur. J'observe la flamme sans attendre de la réveiller. Elle découvre la tranquillité de la fillette au lit. Selma ne lui répond pas et *aujourd'hui* même je peux l'imaginer refermant complètement la porte. Alors elle se précipite, terrifiée, minuscule, le corps silencieux, sans ciller, dans le couloir légèrement éclairé jusqu'à ma chambre. Elle ouvre. Mon regard est prêt et habitué à l'ombre. Pas elle, elle s'approche à tâtons sans rien me dire. Epifania est le soleil qui ne connaît pas les ombres, mais elle devine mon lit dans l'épaisseur. Je suis impatient depuis des mois. Elle s'assied au bord, s'adosse au mur et j'entends sa voix abandonnée : « Me voici ».

Je me place sur un côté. Elle a suffisamment d'espace pour remonter les jambes. Leur odeur est celle du pain noir, légèrement amer mais encore doux. Elle me rappelle également l'odeur de la pomme ou de la poire. Elle a recouvert nos corps avec l'édredon et je pose une main sur ses mollets. Ils sont nus et frais dans la pénombre du lit. Maintenant je pose les deux mains dessus et elle ne dit rien, elle ne dit jamais rien. Elle attend juste avec impatience ma peau sur ses jambes longues et polies. Je connais ses genoux. Une femme de la campagne n'a pas les genoux aussi doux. Je sens sur mon poignet le bord raide de la robe, on dirait un avant-toit saillant de l'église. Je sculpte la peau cachée, et les jarrets – sous ce même avant-toit dans la pénombre – font apparaître les formes que je taille : chérubins, saints, diables en lutte perpétuelle. Sous l'édredon apparaît, très lentement, la paroisse de San Jerónimo, où je communie le dimanche et le père m'observe d'un air inquisiteur. Il y a un éclat, ou à peine un reflet, qui me mouille les doigts, également un reflet dans mes yeux quand je regarde le curé. Mais les braises amères de la peau d'Epifania me mouillent. Les coins de sa chair exsudent et à

41

ce moment précis je reconnais le vin de messe amer. Le monde entier enjoint les corps de se montrer et de se connaître, les enjoint de se méconnaître, dans les ténèbres opaques. Nous naissons donc juste à temps pour savoir comment les corps se repassent la nuit, se touchent, se multiplient comme le pain, s'humidifient et, enfin, s'ignorent dans l'obscurité.

Mes mains ne peuvent être les mains adroites d'avant. J'ai remonté à tâtons le bord de sa robe et relevé ses jupons. Epifania se laisse faire sans émettre un son. Dans l'obscurité, il est plus facile de se taire, de s'abandonner, de ne pas se réclamer de mots. Je passe les mains sur ses cuisses comme si je leurs adressais des félicitations. Je trouve que le monde extérieur n'est pas doux, pas comme le sont les cuisses chaudes d'Epifania. Sa chair brille, obséquieuse, et attend que je monte vers elle un peu plus chaque fois. La tête sous l'édredon, je remonte maintenant la robe d'Epifania, je la relève complètement, jusqu'à la taille, tandis qu'elle ne garde, pour elle, qu'un silence intime et beau. Epifania laisse faire mon corps et son désir si bref inassouvi depuis dix ans. Je l'embrasse prudemment, couvre mes lèvres desséchées de l'odeur et de l'humidité de sa peau tendue. Je dépose de la salive sur son entrejambe qu'elle ouvre maintenant, affable, généreuse, pour permettre à ma langue de la mouiller. Je pose la main sur le slip qui recouvre le pubis. Mes mains brûlent à son contact, j'approche mon visage, elle bouge, se laisse faire tandis que je pose mes lèvres innocentes sur sa culotte et qu'elle s'embrase à son tour, émet un gémissement, le réprime et, en même temps, je me rappelle ses pupilles en regardant la porte, veillant à ce que personne ne l'ouvre et à ce que le monde ne l'apprenne jamais. Je devine ses cils mouillés comme si ses yeux avaient pleuré, identiques à la partie sombre qui n'est que du duvet sur sa nuque. Elle est mouillée, je le sens. J'ignore comment elle peut être mouillée, ma salive la trempe, pourtant il ne s'agit pas de ma langue, mais d'une autre amertume, une fraîcheur cloîtrée et différente, une humidité ancienne que j'aime très vite si je la respire.

Epifania vient d'un village. Ses jambes nues possèdent la vigueur et le polissage de la campagne. Maintenant Epifania est partie. Je ne regarde plus comment lavent et repassent les femmes d'autres villages, aux noms parfois imprononçables, qui viennent travailler à la maison. Je ne les vois pas et *aujourd'hui*, après tant d'années, je ne les reconnais pas. J'attends ma mère le soir, jusqu'à ce qu'elle revienne, je ne m'endors pas avant. Elle monte nous border. Quand elle n'est pas encore sortie avec mon père, je me retourne dans mon lit et l'appelle, j'attends la prière que je n'ai pas encore pu apprendre *: Baruj Atá Adonai*. Il est neuf heures du soir, j'entends le téléviseur très loin, j'imagine les cils tombants de cette nouvelle femme qui croit avec une facilité innée aux hommes et aux femmes trompeuses dont le corps évolue dans l'éclat de la maison.

Epifania était triste ce dimanche-là, c'est vrai, et nous avons tous deux, sans en parler, sans en discuter, décidé de tromper nos corps l'espace d'un instant, de mentir au destin. *Aujourd'hui* je le comprends et je me souviens d'elle avec amour. Il n'y a pas longtemps, cependant, j'ai trouvé ces vers et les ai appris juste pour pouvoir me souvenir d'elle quand je le souhaiterais :

> « Epifania revint un soir
> et je la poursuivis dans le jardin
> en lui demandant de me dire ce que lui avait fait
> [cet homme
> parce que ma chambre était vide
> comme une pochette sans surprise.
> Epifania riait et courait
> elle ouvrit finalement la porte
> et laissa la rue entrer dans le jardin. »

Oui, elle doit savoir que je me souviens d'elle et cette fois elle ne se trompe pas.

*Deuxième jour*

Le corps fait la charité à l'âme. C'est son travail quand il a échoué et renonce à être substance. Alors il cherche simplement à se renouveler et à se prolonger. L'homme vit ainsi de charité, qu'il obtient de son propre corps et de la consolation que lui procure l'autre.

Pendant ce temps, la chair s'altère et cherche à restaurer, en se renouvelant, cet état perdu dans lequel l'esprit se repose encore sur les eaux, et flotte, dans les limbes. Cette attitude ou nature du corps, je l'ai perdue à quatorze ans. Si auparavant, à neuf ans, comme je l'ai dit, je me suis tranquillement reposé sur les épaules d'Epifania, la nuit précédente précisément, à El Ferry, j'avais perdu ma substance, je l'avais irrévocablement enfouie dans les eaux. On avait miné mon innocence. Si auparavant âme et corps cohabitaient, si au bout du compte je fus les deux, la veille j'avais violenté, pour toujours, une substance identique, peut-être par impatience de la scinder. Ils devaient dorénavant être tous deux différents, âme et corps se retrouvant, se remerciant l'un l'autre, dans un éternel aller-retour sans trêve. C'était l'histoire de tous, je l'ai deviné au matin : notre propre histoire d'amour. Mais comment pouvait-il en être ainsi des histoires d'amour que racontaient le monde et les hommes ? Comment pouvaient-elles être ainsi, déplorables, dépourvues de raison ? En résumé, les histoires d'amour étaient une seule et même histoire absurde, abjecte, tramée par Quelqu'un et qui se répète de façon immémoriale, détestable : se perdre et se retrouver, plonger et flotter. Tellement vrai que cela en devient insupportable.

C'était là le fruit de mes réflexions, ou je reconstitue du moins *aujourd'hui* les indices, allongé sur mon lit, raide, les paupières obstinément closes malgré la clarté qui filtrait dans la pièce. J'entendais le ventilateur murmurer au plafond. Je percevais des pas au-dehors, dans le couloir, les voix de mon oncle et ma tante, de mes parents, ma sœur Selma, mes oncles Emilio et Aarón, tous pris dans le brouhaha et la préparation du déjeuner cet été. Soudain, je l'entends encore *aujourd'hui*, je le perçois après tant d'années et *aujourd'hui* encore il me fait frémir, un cri inarticulé me blesse au plus profond de la fatigue : ma grand-mère m'appelle. Je ne répondis pas. Je restai sous les draps, oui, sans prêter attention au bruit et au contact étranger que signifiait à cet instant pour moi le monde extérieur. Rêver, continuer à rêver la matinée entière sans m'arrêter ni hésiter dans ma fatigue. Fuir la clarté et les contours abrupts, austères, de l'extérieur. Rester recroquevillé jusqu'à ce que, enfin, la nuit se joigne à la terre et l'obscurité fonde sur le monde, c'était là tout ce que je demandais en mon for intérieur ; attendre avec obstination, le silence : la voix de ma grand-mère silencieuse, éternellement silencieuse. Mais elle n'y prêta pas attention, elle ne dut pas y prêter attention, acharnée comme elle l'était à éveiller mon corps. J'entendis en revanche le grincement de la porte et elle entra. Elle secoua d'abord Octavio. Je sus que je devais me protéger, opiniâtrement, dans le sommeil, maintenir cette précieuse paralysie du corps et le rictus sévère sous les draps. Je n'osai même pas cligner des paupières. J'implorais le monde de continuer à dormir. Ma grand-mère voulait me délier du temps, d'un autre très antérieur, peut-être, à celui d'Epifania gisante, endormie à mes côtés quand j'avais presque dix ans. Je ruminai en feignant la fatigue, l'innocence. Ce n'était pas certain. Il n'y avait plus d'innocence, au contraire : j'étais complètement en alerte.

« Ça va, grand-mère, lui dis-je en retenant ma voix pour ne pas être grossier.

— Le petit déjeuner est prêt, dit-elle d'une voix satisfaite, métallique. On ne va pas vous attendre toute la matinée, Federico. Il est très tard et vous devez profiter de la journée.

– Nous n'avons pas faim, madame », c'était la voix d'Octavio à travers les draps, une voix barbouillée de sommeil.

« Tu sais que ta mère et ta tante ne vont pas être contentes, Fede, répéta la voix éraillée de ma grand-mère.

– On arrive », répondis-je âprement.

Mon corps répondait chaque fois qu'elle posait la main sur les draps, m'obligeant à me réveiller, un contact qui me poussait à me lever et que je ne tolérais pas. Ce matin j'étais un autre, elle l'ignorait et n'avait pas de raison de le soupçonner. Un autre scindé en deux.

« D'accord, je m'en vais, dit ma grand-mère en s'éloignant, mais ne traînez pas.

– Oui, madame... » La réponse d'Octavio cherchait à gommer les aspérités, courtoisie de convenance qui me donna cependant envie de rire. Sa voix avait traversé les draps qui le recouvraient ; une sorte de plainte. Encore une et il ne pourrait pas rester comme ça, concentré et persévérant, comme il convenait dans son rêve. Je le compris parfaitement, je ne pus le supporter et éclatai de rire.

« Qu'est-ce qui te fait rire, imbécile ? me demanda-t-il.

– Ma grand-mère, répondis-je.

– Ah oui ? Pourquoi ta grand-mère ?

— Enfin, ma grand-mère et toi.

— Quoi, moi ?

— Rien, ton sommeil. Moi, je trichais, il y a une heure que je ne dors plus. Je n'arrête pas de réfléchir.

— Réfléchir à quoi ?

— À rien de particulier. À hier soir.

— Alors comme ça tu t'es réveillé tôt en pensant à hier soir. Tu n'as rien dit sur le chemin du retour, Fede.

— Je me suis endormi.

— Oui, je sais. Mais comment c'était ? Ça en valait la peine ?

— Oui » – je ne pouvais pas dire autre chose, la réponse était obligatoire.

Le plus grave était de ne pas savoir si cela avait valu la peine ou non. J'avais l'obligation de dire oui, mais le dire pouvait également ne pas être exact. Je m'obstinai pendant quelques secondes et voulus me souvenir. La tête vide, le souvenir des sensations comme un trou. Le temps devait passer et même ainsi elles ne seraient pas très identifiables. Les écrire un jour peut-être comme une forme de récupération. Je ne sais pas encore, je n'ose pas fournir de réponse à la question d'Octavio. Je lui dis que oui parce que c'est évident. Je dois découvrir des braises, creuser au plus intime et ma réponse est *aujourd'hui* ambiguë : une poignée de pages couvertes d'écriture qui se contentent de guetter, déchiffrent mal et comparaissent devant moi.

La maison que louaient mon père et mon oncle David était d'anciens bureaux à deux étages. De tous côtés on voyait des pans de murs lépreux. Malgré la couleur délavée par la pluie, elle conservait un aspect ancien et maritime, une de ces maisons de taille apparemment démesurée que l'on imagine en lisant un passage sur La Havane. L'imagination se superpose parfois à la réalité, nous la recouvrons et l'abusons après avoir lu ou vu une chose semblable, une parenté minime qui ne tarde pas à nous inciter à mystifier ce que nous avons vécu. C'est ce qui m'arrive avec l'immense maison à deux étages de La Paz, je ne parviens pas à la séparer d'une lecture que j'ai faite quelques années plus tard : *L'Heureux Été de madame Forbes*. Dans la nouvelle, deux enfants tuent leur tutrice dans une maison de vacances. C'est tout ce dont je me souviens. Je n'ai même pas voulu relire le récit. J'ai peur, je ne veux pas mettre à nu le souvenir de ma maison et de cette autre qui lui est superposée. Peu m'importe de connaître les détails et je ne voudrais pas découvrir mon erreur. La réalité vécue est fable, l'imagination s'est interposée un jour et je ne peux m'en séparer. Pour moi, la maison sur le quai est la même, ancienne, maritime, que son auteur a peut-être décrite dans un passage jusqu'à l'enchantement.

Il peut y avoir à l'entrée de la maison une bande de terre pour y garer les automobiles que je regarde, couvertes de poussière. Peut-être une vaste terrasse avec des chaises défoncées et une petite table devant, que personne n'utilise. De là, on contemple la mer. À gauche, on observe le quai contigu à un chantier naval toujours désert. Il n'y a jamais de travail, on voit les hommes boire de la bière sur le quai ; ils sont chargés pendant l'année de surveiller les bateaux, capitaines ou pêcheurs, jamais les ouvriers de l'arsenal. Plusieurs navires nord-américains sont au mouillage ainsi que quelques voiliers flambant neufs que je regarde voguer les rares Noëls que nous passons à La Paz, mes parents et mes oncles préfèrent les vacances d'été. À droite, un tas de pierres constitue l'extrémité d'un entrepôt ou d'une usine qui n'a jamais été construite. En pleine mer, on aperçoit un ensemble de troncs attachés en dénivelé, une sorte de trampoline qui s'élance vers le ciel. Ils sont emprisonnés par des cordes blanches qu'utilisent les marins et qui ne se défont pas sous l'effet du sel. À la pointe de ces groupes de troncs dissemblables, certains plus hauts que les autres, des flocons de neige qui sont en fait des excréments de mouettes qui viennent toute l'année s'y poser ou s'y mettre à l'abri. C'est peut-être là leur utilité et je l'ignore. Ils donnent également, sans le savoir, du relief à cette mer. Et un jour, en me livrant à des acrobaties avec mes amis et mes cousins, de longues années auparavant, je découvris qu'il n'y avait pas d'odeur et que la lie qui blanchissait la crête des vagues était presque dure comme de la neige. Je souhaitai pendant longtemps y remettre la paume de la main. Je ne me rappelle pas pourquoi je ne l'ai pas fait. Je n'y suis pas retourné.

La maison est un peu à l'écart du centre ville de La Paz. On y arrive par une longue rue inhabitée et sans circulation qui naît de la jetée. Il n'y a pas de trace de lumière électrique sur ce chemin et l'asphalte est truffé de vieux nids-de-poule et de trous qui empêchent de circuler. On ne voit que quelques camions de transport passer dans la semaine à l'usine ou à l'arsenal. Mon oncle, ma tante et leurs deux fils occupent le deuxième étage, deux grandes pièces qui communiquent par la salle de bain. Il y a un long couloir extérieur qui donne sur la mer et une terrasse. Puis un escalier qui conduit à la cour intérieure ou au palier juste à côté d'une porte protégée par une moustiquaire. C'est l'entrée arrière de notre appartement. On y trouve la cuisine, la salle de séjour avec un très vieux poste de télévision que nous regardons le soir, un couloir qui distribue plusieurs chambres, deux d'entre elles avec salle de bain.

Je ne sais pas exactement comment nous nous arrangions et disposions de l'espace pour ces longs étés au bord de la mer. C'était l'habitude d'aller à La Paz avec mon père et la famille de mon oncle David. À eux deux, ils avaient acheté un yacht un peu ancien mais qui pouvait fort bien nous emmener trois ou quatre jours en excursion à Napoló, à Bahía Concepción ou, plus près, à l'île de l'Espíritu Santo. Sur certaines de ces plages, parfois vierges, le sable restait intact, couvert d'un éclat qui blessait précisément par son manque de présence humaine. Nous ne distinguions pas encore une plage d'une île, les contours et la géographie n'avaient pas d'importance. Il était impossible d'arriver dans ces endroits en voiture et peu d'embarcations y mouillaient, elles allaient peut-être plus loin.

Nous croyions Veracruz quand il disait qu'il s'agissait d'une île absente, nouvelle, qui n'avait pas été découverte. Impressionnés et sans même attendre que mon oncle ou mon père jettent l'ancre, nous plongions et faisions la course à la nage pour atteindre le rivage. Nous nous risquions alors à explorer l'île déserte. Nous entendions Veracruz, avec ses cheveux bouclés, lui donner un nom, nous réfléchissions à son bien-fondé et à ses trouvailles, mais le nom était là, déjà donné par cette carte maritime qui signalait les basfonds ou les écueils. Nous étions surpris par ces grandes dunes dans lesquelles nous nous roulions toute la journée, la transparence de la mer dans laquelle nous marchions de longues heures avec de l'eau jusqu'au genou ; soudain une anguille nous barrait le passage et nous obligeait à rester tranquilles un instant, nous apercevions le saut fugace et parfait d'une raie cornue, enfouie, une méduse bleu turquoise qui se fondait dans l'eau, le ciel pur, sans nuages, et le soleil brillant sur nos épaules.

Le soir, si Veracruz était d'accord, mes cousins, quelques amis, ma sœur et moi restions camper. Nous nous préparions à dormir dehors. Veracruz nous faisait un énorme feu et je savais que ma mère observait les flammes depuis le bateau, elle avertissait peut-être mon père d'un danger ou disait quelque chose à sa sœur Frida. Cela faisait de la peine de voir tomber la nuit et disparaître la mer, à huit heures du soir au plus tard on ne voyait plus rien. Nous ne distinguions pas nos visages à quelques centimètres et Veracruz allumait alors le bois que nous avions ramassé dans l'après-midi. Il l'entassait et y mettait le feu. Celui-ci durait si long-temps que nous ne l'entendions jamais crépiter et s'éteindre.

Accroupis ou assis sur le sable lisse, nous nous racontions des histoires de pirates ; Veracruz avait un don pour ça et nous plongions sans difficulté dans ses récits, en écoutant la plainte de la mer et les vagues qui cherchaient à s'approcher. Le monde prenait son temps lui aussi ; réunis par les heures, nous devinions les contours du yacht endormi. Je regardais les visages à travers les flammes avec la sensation de celui qui s'ex-pose et a près de lui le chaos ou l'informe.

Soudain, sans me rendre compte qu'il s'était levé, je sentis le poids d'Octavio me tomber dessus, son corps démolissant la quiétude ultérieure de la nuit.

« Allez, réveille-toi, me dit-il en rejetant les draps. Allons prendre le petit-déjeuner avant qu'ils reviennent et se fâchent. » Et, consultant la pendule murale, il me hurla dans l'oreille : « Eh vieux, il est plus de onze heures. »

J'observe son visage mais ne l'écoute pas.

« Je n'ai pas faim, fous-moi la paix, réponds-je, impassible.

– Ça ne fait rien, moi j'ai faim. Lève-toi avant que ta grand-mère revienne. »

Je bâille et m'étire avec des difficultés inhabituelles une fois qu'Octavio s'est levé. J'ai horriblement mal à la nuque, j'ignore si c'est le coup ou une mauvaise position pendant le sommeil. Nous mettons des shorts et des chemises légères et sortons de la pièce. On entend les cris et le brouhaha que font mes cousins, Aarón et Emilio, dans la cuisine. Je regarde ma mère qui prépare quelque chose devant la cuisinière.

« Vous vous êtes encore couchés tard, dit-elle.

– Pas tant que ça, maman.

– Pas tant que ça, madame, répète Octavio comme un écho.

– À quelle heure êtes-vous rentrés ? demande la voix inopportune de ma sœur.

– Tôt, réponds-je, puis je regrette de lui avoir répondu à elle qui, étant donné son âge, ne mérite pas d'être prise en considération.

– Tôt, tôt... » J'entends la voix fâchée de mon père.

Je ne dis rien. Je préfère ne pas répondre. Mon oncle David mastique avec délectation. Les autres commencent à faire des projets pour la journée. Ils sont tous d'accord pour aller se promener dans le centre et acheter des marchandises de contrebande. Mon père se replonge dans son journal. J'entends la voix de ma tante Frida nous dire :

« Asseyez-vous pour manger. Il y a des œufs à la mexicaine, des *quesadillas**, des haricots, des fruits, que voulez-vous ?

– Moi, rien, merci, réponds-je en m'asseyant à côté d'Emilio, son fils aîné qui n'a que onze ans.

– Merci, je vais me servir », dit Octavio.

Nous savons que Frida nous plaît à tous les deux ; elle plaît aussi à Hugo et à Cecilio, mon cousin. Elle n'a pas plus de trente-cinq ans et elle est très bien conservée : les étés se succèdent pour elle et pour nous qui la regardons s'enduire méticuleusement de crème à bronzer. Elle l'étale comme si elle savait pertinemment qu'on l'observe. Peut-être le sait-elle. Mes cousins, ses

---

* Sorte de crêpe sucrée au fromage, à la farine de maïs, cuite sur un comal, disque en terre.

fils, tous deux plus jeunes que moi, et Selma n'imaginent pas nos regards lascifs et nos commentaires. L'été précédent, j'ai commencé à entendre les idées de mon cousin Cecilio, car avant je ne recherchais Frida que de façon affectueuse, tendre, en tant que sœur de ma mère, qui lui ressemblait beaucoup mais en beaucoup plus jeune, plus attirante, mieux conservée. Je n'avais pas encore fait attention à tout ce qui m'arrivait en sa présence jusqu'à un après-midi où, tout tremblant, je me retrouvai seul avec elle.

C'étaient les derniers jours de l'été précédent. À cinq ou six heures, une agréable lassitude s'abattait sur les corps et les assoupissait. Il y avait une humidité provenant de la mer et du quai juste au moment où j'arrivai et je n'entendis personne dans la maison. J'allai voir dans les chambres du premier étage, montai au deuxième et ne trouvai que ma tante, allongée sur son lit, un ventilateur dirigé sur elle. Elle portait une chemise de nuit courte et faisait quelque chose à ses ongles de pieds. Mon attitude était la même, naturelle, tranquille : elle était pour moi l'autre facette de ma mère, semblable à elle, et je faisais à peine attention à son corps, à la façon dont il me rendait différent devant elle. Elle me demanda de l'aider ; je m'assis au bord de son lit et commençai à lui polir les ongles avec une lime. Elle s'étira, laissa reposer ses bras sur l'oreiller en signe de fatigue. Elle me regardait par instants, je pressentis ou imaginai qu'elle me regardait. Je crus qu'elle se complaisait à m'observer, et, à mon insu, mon sexe se raidit. Je ne vis pas si elle s'en était aperçue. Je devins nerveux devant cette femme qui restait cependant ma tante. Je poursuivis ma tâche sans me troubler, je voyais par instants ses jambes nues, les mollets galbés, la chemise flottante. La chaleur de l'après-midi devint suffocante et oppressante dans la chambre. Malgré le ventilateur, je sentis se dilater les pores de ma peau ; ma chemise et mon front ruisselaient. J'avais une main posée sous son cou-de-pied, le retenant en l'air, très fragile, comme du verre fin et fragile que je devais limer attentivement sans le laisser tomber. Elle eut peut-être honte du plaisir qu'elle y prenait et je l'entendis juste me dire : « C'est bien, merci, Federico. » Je partis comme je pus sans oser la regarder, cachant mon short de ma main. Je dévalai les marches jusqu'au palier et vis que personne n'était encore revenu. J'entrai dans la maison, empruntai le couloir et passai aux toilettes. Assis sur la cuvette, trempé de sueur, je me masturbai. Je compris alors les allusions sophistiquées de Cecilio et des autres, mais je ne leur dirais rien. Au retour, à Mexico, je me consacrai à ma pratique en ne pensant qu'à Frida, en me rappelant méticuleusement chaque détail de la pièce pendant que je lui limais les ongles : chaque étape et les séquences qui constituaient mon souvenir étaient d'une volupté terrible et violente. Cela me blessait et je donnais libre cours à ce plaisir jusqu'à l'épuisement. J'étais tombé dans le désir du pied de Frida et je n'éprouvais en mon for intérieur pas d'autre volonté que de revenir bientôt en été à La Paz.

Cette fois mes pensées furent monopolisées par mes amis et les fantaisies les plus insensées de Cecilio. Je partageais leur impatience et leur fascination pour ma tante. Nous posions le regard sur son corps à son insu. Je la contemplais longuement marcher sur le quai et les excursions du yacht devinrent différentes pour moi, j'attendais impatiemment qu'elle prenne le soleil à côté de ma mère, ses mouvements quand elle s'enduisait d'huile ou parlait avec quelqu'un, les baisers qu'elle donnait à mon oncle David. Et quand elle sortait d'une cabine avec une serviette pour sécher le corps menu d'Aarón. Les dernières semaines, je restais le plus possible à la maison. Je rentrais tôt de la mer en espérant ne voir personne et la trouver. C'était une lutte à mort pour la trouver seule dans sa chambre.

Octavio mange rapidement et ne s'arrête que pour me regarder du coin de l'œil. Ils se sont levés de table et seule ma grand-mère est assise en face de nous.

« Tu ne vas rien manger, Federico ? demanda-t-elle.

– Non, merci », réponds-je pour la énième fois de la matinée.

Ma mère et ma tante font la vaisselle. On les entend parler et rire. Je ne les quitte pas du regard tout en prenant sur la table un jus de fruit que je bois. J'entends le cri de mon père et de mon oncle sur le seuil :

« Dépêchez-vous, mesdames, nous attendons dans la voiture.

– Je ne viens pas, je ne me sens pas très bien, je n'ai pas dormi de la nuit, dit ma tante et, s'adressant à ma mère : Je crois que je vais aller m'allonger, Elvira.

– Alors ? Vous n'avez pas entendu, les enfants ? dit ma grand-mère en se levant lentement de sa chaise. Dépêchez-vous, ils vont vous laisser là.

– Je préfère aller sur le quai. Veracruz m'a dit qu'il y serait.

– Si tu n'y vas pas, moi non plus », fait la voix d'Octavio derrière moi.

Je sentis un frisson courir le long de ma colonne vertébrale. Mais, feignant le calme, je lui dis :

« Non, vas-y, toi, tu voulais acheter un masque de plongée avec un tuba. »

Il ne reste que Frida et ma grand-mère dans la maison. Je me dirige vers le quai tout en les regardant s'éloigner ; je trouverai peut-être Veracruz sommeillant ou en train de pêcher. Dans la poussière, je vois Octavio me faire un signe à travers la vitre de la voiture, il me sourit de toutes ses dents. J'ignore ce que peut signifier ce geste. Fait-il allusion à hier soir, au secret de Solón, d'Hugo, de Cecilio, lui et moi ? Savait-il pourquoi je souhaitais rester chez moi ? Pensait-il le dire aux autres? Non, je crois qu'il ne peut même pas concevoir à la recherche de quoi je suis.

À peine arrivé sur le quai, je fais demi-tour. J'ai perdu de vue la voiture. Je traverse le terrain poussiéreux qui sert de parking, puis le patio. Je m'arrête sur le terrain vague et ne suis pas encore décidé. Je finis par monter dans la chambre de mes cousins à la recherche de quelque chose que je dois inventer sur-le-champ.

Epifania est partie il y a quelques mois. Sans raison, ou alors je l'ai oubliée. Cet homme est venu la chercher un jour et l'a emmenée pour la vie quand j'avais neuf ans. Aujourd'hui il n'y a personne à la maison, juste une femme anonyme, arrivée d'un village au nom imprononçable, qui lave le linge. Je sais qu'elle est là-bas, absorbée, dans la pièce du repassage, en train de travailler. Elle a complètement oublié le monde, qu'il existe et tourne autour du soleil. Elle travaille de façon opiniâtre, aveugle, inconsciente. Je l'observe ; je ne peux rester plus d'une minute à côté d'elle. Je m'éloigne. Je fais les cent pas dans le jardin. L'espace est immense si je reste tranquille, si je ne bouge pas. Je me rapproche à nouveau de cette pièce où Epifania avait l'habitude d'officier dans la chaleur ; derrière les vitres couvertes de la vapeur produite par le fer je contemple la nouvelle femme, qui me tourne le dos. Elle ne m'entend même pas. Je me tiens là sans bouger, derrière la fenêtre, et elle ne le sait pas, elle ne s'en doute même pas. Cette femme est seule, elle est âgée, et elle ne peut partager ma solitude comme le faisait Epifania autrefois. Le soir tombe et une étrange lassitude envahit mon corps. Là, il n'y a que du plaisir, dans l'étrange douleur qui m'envahit. Je veux pleurer et je n'y arrive pas, pleurer au moins sur quelqu'un comme je le ferai des années plus tard quand Hugo mourra.

J'ouvre la porte et j'entre dans la maison ; les meubles, les tables, les tableaux, tout est en ordre et immobile. Je m'impatiente. Je monte les marches, entends la sonnerie du téléphone. Je décroche, personne. Je ne parviens pas à entamer la solitude, à me glisser dans ses failles profondes. Epifania est partie et elle est l'obsession qui me consume depuis des mois. Elle n'a pas quitté la maison, elle le sait : elle m'a laissé, moi, sur le lit, gisant, attendant ses caresses la nuit. Elle a préféré cet homme dont elle m'a parlé un jour puis plus jamais. Et dont je ne lui ai plus jamais rien demandé. Je l'attendais simplement le soir, j'ai toujours attendu des pas. Je les entends, quelqu'un monte, ouvre la porte de la chambre et me récite une prière : *Baruj Atá Adonai*. C'est ma mère, ce n'est pas toi. Elle ne sait pas que cela devrait être toi et non elle qui monte me border la nuit. Je m'accroche à son corps, le supplie et ne la laisse pas partir. Elle sort enfin de la pièce et c'est comme si tu sortais. Elles partent toutes deux avec un homme. L'espace est à nouveau immense si je suis tranquille et ne bouge pas. Je me dirige vers la chambre de mes parents et y entre. Je vais dans le dressing, j'ai fermé les deux portes. À côté de la penderie, il y a la salle de bain avec un immense miroir en pied dans lequel la pièce se reflète entièrement. Je m'approche, j'ai presque dix ans, je m'observe attentivement, je m'arrête absorbé par mon image, ce n'est vraiment pas moi. Cela me semble une simulation excessive, un excès d'artifice, penser que je suis celui de l'image et alors, oui, je succombe lentement, un peu livide, car ce n'est pas précisément moi qui suis à l'intérieur, dans le reflet. Il y a de ma part une certaine morbidité ; celui que je regarde ne sait pas qu'il existe de la morbidité et de la tristesse en chaque corps. Je le découvre à peine, je commence à dévoiler le mien, le corps que regardent toujours les autres, celui que je ne connais que par les yeux d'autrui : ils me le disent si je veux les déchiffrer. Sur le lavabo une main trouve un tube de rouge à lèvres. Je le vois, je ne le regarde pas. Cylindrique, allongé, métallique. Je l'ouvre du bout des doigts. Je trouve ses yeux, ils sont sûrement quatre à se bousculer mais je n'en vois que deux. L'intuition épurée que je leur plais naît, oui, je leur plais, ils me demandent quelque chose. Je lève la main, qui prend le bâton, et je me maquille les lèvres. Celui qui se maquille est un autre, une autre. Il se maquille pour me plaire à moi. Il le fait délicatement, je ne veux pas partir. Une autre main me guide, celle que je vois maintenant, plus audacieuse. J'observe ses lèvres rouges, je les vois gonfler. Il a une belle bouche, fragile et, comme moi, un peu sèche. Je suis absorbé par ce que je fais, par ses mains blanches et délicates. Elle se maquille les lèvres pour la première fois, elle est encore très jeune, elle a peut-être mon âge. Il y a de la tendresse dans ses yeux, de la compassion, de la timidité. Comme moi, elle est très seule, elle ne sait que faire de son corps et cherche pour l'instant juste à me plaire. C'est pour cela qu'elle se maquille les lèvres. Je me vois : comme elle est belle. Je m'incline et détourne un moment le regard de ses yeux, je ne sais plus si elle me regarde, je ne sais pas encore que je le fais pour elle. Je prends un autre tube ; du bout des doigts, pressé, je le débouche et l'approche du bord de mes lèvres. Je la regarde, elle attend. Elle étale les soies noires de la brosse, peigne en spirale, vers l'extérieur, les cils tombant. Je ne le fais pas très bien, elle s'essuie. Elle répète soigneusement le mouvement. Je la trouve plus jolie. Je baisse à nouveau la tête et elle, immédiatement, la baisse, pudique ; je fouille parmi les flacons et les tubes de ma mère. Je sors d'un étui une poudre rouge très fine. Elle sait que j'aime la couleur étalée sur la peau des paupières et y passe méticuleusement l'éponge. Mes yeux ne sont pas habitués et je sens qu'ils brûlent ; je découvre que les siens aussi. Elle se passe de la poudre sur les joues, je l'aspire sans le vouloir et suffoque un instant : elle tousse. Je ramasse tout et range les choses sur le lavabo poli et froid. Je remarque la tension et l'impatience dans mes mains. Va-t-elle s'en apercevoir ? Soupçonnera-t-elle ma hâte, ou la garde-t-elle elle aussi, très intime, amoureuse, sans oser le dire ?

Je m'approche à nouveau, elle aussi, nos yeux se rencontrent et je pense simplement qu'elle est plus belle qu'avant. Son visage resplendit et je ne parviens pas à détourner le regard du sourire qu'elle esquisse. Je me déshabille, déboutonne mon pantalon, baisse la fermeture éclair, jette les chaussures de côté. Je me débarrasse du pantalon sale, de la chemise, des chaussettes et du caleçon. Je me dirige vers la penderie, je suis inquiet, je ne veux pas qu'elle s'impatiente, s'aperçoive de mon absence ou pense à moi en faisant des choses différentes. Elle ne comprend pas encore que je le fais pour elle. J'ouvre les tiroirs de ma mère et en sors peu à peu des vêtements que je n'avais jamais vus. Un corset en soie, des bas, un foulard, un soutien-gorge noir et des panties. Je vais dans une autre penderie où elle accroche ses robes. Je les passe rapidement en revue, les regarde à peine. Je reconnais celle qu'elle doit porter : celle que je préfère sur elle. Je finis par tomber dessus et la décroche du cintre. Elle est violette, très foncée, sombre, pleine de broderies et de pois qui vont bien avec l'ombre à paupière qu'elle s'est mise et le rouge.

Nous sommes seuls tous les deux. Je mets le corset noir avec de petites bretelles sur les côtés. Son contact est raide et soudain la fraîcheur insoupçonnée de la toile me recouvre. Je ne me retourne pas : je ne lui permets pas de me regarder et je ne veux pas savoir si elle passe outre, si elle m'épie en cachette. Quand elle aura fini de s'habiller et m'appellera, j'irai la voir. Je mets les bas et trébuche en les remontant. Cela n'a pas d'importance, je me redresse, obéis aveuglément à ma hâte. Nous sommes seuls, elle et moi, dans le dressing de la chambre de mes parents. L'espace est immense si je suis tranquille et ne bouge pas, je l'apprends, le répète. Je ne veux donc pas me laisser distraire ; je passe immédiatement le soutien-gorge sur le corset et l'ajuste, je prends, à l'endroit où je les ai jetées, les chaussettes qui se trouvent avec mes chaussures, je les roule en boule et en bourre le soutien-gorge. Je me penche et prends la robe sur le tapis, la mets ; je retourne à la penderie, y cherche à genoux des chaus-sures à talon et, assis par terre, les enfile. Je regarde le foulard près de moi et le prends également ; il tombe, car je ne sais pas le mettre et je préfère le laisser là avec les autres vêtements. Je respire profondément, essaie de me calmer, j'ai besoin d'air. Je suis nerveux et il n'y a pas de raison, il ne devrait pas y en avoir ; elle attend, oui, je me retourne et je la vois au loin, petite, qui me regarde très profondément. À distance, ses yeux sont encore plus beaux. Je m'approche un peu et je titube. Je veux l'impressionner et j'ignore comment faire, je lui souris, elle aussi. Elle s'est habillée juste pour moi ; quand je ne regardais pas elle s'est habillée pour me plaire, pour contempler longuement son corps nubile et le désirer. Elle m'aime, me désire, cherche à me sauver. Elle comprend mieux que quiconque ma peine, la ruine de savoir que je suis seul. Elle connaît ma solitude et ma véhémence, mon chagrin des derniers mois et sa cause : la fuite d'Epifania. Je suis triste de savoir qu'elle le comprend ; elle m'aime, oui, et pour la première fois je ressens de la nostalgie pour quelque chose, peut-être pour quelqu'un qui m'a aimé avant, peut-être parce qu'on ne m'a jamais aimé. Ce qu'elle a fait et son désir sont pour moi, pour la posséder enfin et être ainsi le premier. Mais j'ignore comment faire, je ne connais pas d'autre corps que celui d'Epifania, que j'ai aimée sans jamais entrer en elle.

J'ai le regard fixe et étonné, je comprends qu'elle attend, je guette le moment où mes parents et ma sœur me laisseront seuls. Personne ne m'aime, juste elle, mon amie, ma jumelle ; maintenant je le sais et elle est enfin là, devant mon petit corps. Je monte sur le lavabo et pousse des objets. Ils tombent, je les entends, cela n'a pas d'importance. Maintenant je la regarde sur le lavabo elle aussi, je regarde ses jambes, c'est presque une enfant. Je m'accroupis comme elle le fait. Elle a mis du rouge et elle s'est illuminée davantage, elle n'a pas cessé d'observer comment je la contemple, comment j'attends son corps tremblant et sec. Je relève ma robe et vois ses jambes minces, imberbes ; on les voit à travers les bas. Je tiens le bord de la robe avec la bouche ; je le mords. Je me penche sur elle et retire tout de suite ma main : elle est très froide, je préfère ne pas la toucher. Je m'approcherai d'elle sans la sentir. Je l'appelle, c'est presque la première femme que j'aime véritablement et cela me coûte de le faire ainsi. *Aujourd'hui* je le sais : c'est le plaisir de la douleur que j'éprouve. Depuis que je l'ai reconnue, dans le dressing, mon membre fluet s'est durci.

Comme ma mère, avec ses vêtements, elle s'est habillée et maquillée pour moi, pour me faire plaisir. Elle attend maintenant docilement mes mouvements, les instructions de mon corps. Je porte la main à mon sexe, le pétris maladroitement, cherche à m'approcher un peu d'elle, à appuyer mon corps le plus possible mais sans la toucher. Nos regards se croisent : il y a de l'amour véritable et de la douceur dans le sien, elle me connaît, je sais qu'elle m'aime, et mon excitation est indéfinissable. Il y a un désir profond sur son visage, sur ses cils qu'elle a allongés pour moi et qui sont maintenant raides, je les sens. Je n'y tiens plus, je lâche la robe qu'elle mord et, en même temps, pose la bouche sur ses lèvres vulnérables. Je ne sais pas embrasser et le contact est glacé. Elle supporte mes lèvres fragiles et, comme les siennes, un peu sèches. Je continue à me frictionner la verge et, de ma main libre, je recommence à remonter la robe, elle prend le relais et je sais enfin que je suis sur le point de me laisser aller, je le reconnais à ma respiration agitée. Mon corps résiste quelques secondes, je halète, je ne sais pas pourquoi je fais ça, je la regarde : elle souffre, j'ai un peu mal à travers elle, elle a mal à travers moi. Elle fait une grimace, je me plains. Il y a un murmure parfaitement synchronisé. Je ne tarde pas à entendre des pas monter résolument l'escalier, cela fait un bruit formidable. Je comprends ce qui arrive : je la regarde s'étonner. Je viens, oui, je me répands sur elle, sur le lavabo, contre le miroir. J'entends des coups à la porte. Je frictionne encore un peu de la main, lève la tête et la découvre, ses yeux découvrent les miens. J'entends la voix de mes parents, reconnaissable entre toutes, ils frappent à la porte de plus en plus fort. J'entends mon nom à travers le bois et en même temps, exténuée, devant moi, elle dit : « J'arrive, je vais ouvrir ». Elle sait parfaitement que je la désire, que je l'aime. Je descends comme je peux du lavabo et me dirige vers la porte. Elle a disparu.

Je saisis la poignée, je suis sur le point d'ouvrir...

En arrivant sur le palier du deuxième étage je me sens faible, le corps en proie au malaise, presque sans force pour lever les pieds. Je m'approche discrètement et la trouve allongée. Elle porte les vêtements que je lui avais vus auparavant dans la cuisine. Elle s'est très vite endormie. Le ventilateur souffle à son visage et agite légèrement ses longs cheveux ; l'espace d'un instant, l'air agite ses cils. Elle dort ou feint le sommeil.

Je descends maladroitement, entre dans la cuisine et prends une tranche de fromage qui se trouve sur la table. Je préfère sortir. Ma grand-mère dort dans une chambre, il y a un silence aigu et une seule respiration dans la maison. Le vide qui règne ici est énorme, je l'écoute : celui de quelqu'un qui l'occupe et n'est cependant nulle part. Une sorte de mutisme terrible habite alors les maisons. Ce silence est, je pense, semblable au trou que laissent les corps désarmés, blessés. Ils sont en quelque sorte établis dans la maison et à la fois absents au monde. Leur présence est celle du sommeil, celle du spectre du sommeil, et ne partagent la mortalité avec personne, l'oublient pendant plusieurs heures. Ils sont là, oui, mais ailleurs, à l'écart ; ils n'occupent pas ton espace, vivent le rêve du corps, rien de plus.

Dans la paisible léthargie qui envahit La Paz, sans aucune hâte la canicule de juillet et août entraîne alors une sorte de distension musculaire, je sors vers le quai. Auparavant, je trouve le chantier oublié, un chantier enfoui dans une autre époque et comme sur le point de s'étendre dans la chaleur de midi. Je le traverse et arrive enfin sur le quai. Je me dirige à travers les planches moisies auxquelles sont attachés les bateaux. Je m'approche du dernier, le nôtre, le yacht est seul. Je crie pour appeler Veracruz, il ne répond pas, il doit dormir. Je saute vers la poupe après avoir tiré fortement les cordes vers moi. Les petites portes de la cabine sont fermées. Je frappe aux fenêtres et personne ne me répond. Je fais le tour du yacht et l'inspecte avant de m'allonger, fatigué, sur le pont. Je m'endors.

J'entends à nouveau la voix joyeuse de Veracruz, des hameçons à la main. Je lui parle, il me demande pourquoi je ne suis pas allé dans le centre avec les autres, et je me rappelle alors la raison pour laquelle j'ai attendu, en passant le temps, décidé à ne pas aller à la ville avec les autres. Je devais regagner la maison et la regarder sans laisser passer l'occasion, voilà. Le séjour au bord de la mer s'achevait, l'été touchait à sa fin, et il annonçait plusieurs mois de contrariété puisque je ne pourrais pas l'épier. Veracruz se mit alors à rire en me montrant ses dents déchaussées et en agitant sa chevelure sale.

Je traversai le quai, glissai sur l'humidité des planches et me fis mal. Je passai le chantier et rencontrai deux patrons de bateau qui buvaient d'énormes bouteilles de bière. Je poursuivis jusqu'à la bande de

terre poussiéreuse, entre les voitures. En arrivant derrière la maison, dans le patio, j'hésitai un instant. Et si
elle était maintenant en train de bavarder avec ma
grand-mère ou de l'aider à une tâche quelconque,
obligatoire ? Et si elle dormait encore ? Je m'approchai
du palier, tout près de la cuisine, et, à travers les vitres,
je ne vis personne, la maison était restée la même, dans
sa léthargie, paresseuse et désemparée. J'inspirai profondément, je sentis mes poumons se rétrécir. La poussière du terrain m'asphyxia et j'eus envie de tousser. Je
me retins, je ne voulais faire aucun bruit. Il régnait une
chaleur indescriptible, une chaleur qui semblait cet été
résolue à en finir avec les rares arbustes et fruits du
patio. Je remontai les marches. Au-delà de la moitié de
l'escalier j'entendis le bruit lointain, le jet colossal de la
douche. Mes jambes tremblèrent et je dus faire des
efforts pour monter, en silence ; personne ne m'enten-
dait et mes précautions devaient sembler absurdes. La
grand-mère ne pouvait pas monter, elle devait encore
dormir et au réveil elle se remettrait à sa couture. Je
continuai à progresser de la même façon dans le couloir, passant devant la chambre de mon oncle et ma
tante, avant d'aller sur la terrasse. Je me tournai de plusieurs côtés ; il n'y avait pas de voitures dans les rues et
je distinguai au loin le couple de buveurs et Veracruz,
qui les accompagnait et riait maintenant avec eux. Il se
retourna brusquement et je crus lui voir faire un clin

d'œil. M'avait-il découvert? Connaissait-il mon désir impatient, impossible à différer? En parlait-il aux bateliers et se moquait-il de moi, de cette ardeur obstinée envers Frida? Aujourd'hui, après toutes ces années, je suis sûr qu'il regarde lui aussi avec bonheur le corps de ma tante qui prend le soleil à côté des amures, et peut-être, celui de ma mère.

Après avoir regardé s'il venait une voiture, je me retournai et entrai discrètement dans la chambre de mes cousins. J'entendais nettement l'eau tomber, je l'entendais se fracasser sur les épaules de ma tante. Je fermai la porte derrière moi et, dans le silence rébarbatif brisé par le jet d'eau, je m'approchai de la porte de la salle de bain, qui communiquait également avec l'autre chambre. Je sais très bien ce que je dois faire maintenant. J'ai appris la marche à suivre. Le sang me bat les tempes, je sens gonfler les veines de mon cou ; il y a un fourmillement impudique, insistant, dans ma poitrine ; le monde survient, il est sur le point d'arriver devant mes yeux et j'attends. Je retiens ma respiration au moment où j'entends tourner les robinets de la douche et le son de l'eau s'arrêter, s'interrompre sur ses épaules. Je suis appuyé contre la porte, le genou me brûle un peu, j'ai un œil appliqué contre la petite fente que quelqu'un a faite d'un coup. Elle se sèche dans la douche et je ne parviens pas à voir cet endroit, je ne le peux qu'après, quand elle vient sur le seuil et que son corps est vivement éclairé et je sais que *je ne dois pas découvrir la nudité de ma mère puisque c'est la chair de ma mère*. Je la découvre bien que l'espace soit étroit et que sa peau semble frôler lentement le bord en bois. Je la touche par centimètres. Une vapeur chaude monte de la salle de bain et je la respire : c'est l'agréable odeur de son corps. Frida est là, devant moi, la pièce reste embuée. Je relève légèrement la tête pour trouver la rondeur inattendue de ses seins. Les aréoles du centre, encore plus rondes, une circonférence parfaite et rosée qu'elle serre délicatement avec les doigts, comme si elle pouvait se renverser. Je les vois dressés, les mamelons pointus. *Aujourd'hui* seulement, j'ose penser qu'elle savait que je l'observais, que son corps réclamait avec impatience l'assurance de mes yeux, ceux de son neveu, posés sur lui, et s'excitait ainsi sans même oser l'accepter. Je sens mon pénis grossir sous mon short. Je la vois de dos lever une jambe sur la cuvette du W.-C., se sécher avec une minutie étonnante, la vapeur qui s'est accumulée amortit l'éclat de sa peau, des gouttes d'eau minuscules coulent sur son dos vigoureux et bronzé. Je contemple ses hanches, ses flancs bougent, peut-être m'appellent-ils ou connaissent-ils mon regard fixé sur eux, également mes yeux posés sur ses fesses dures et plus blanches que le reste du corps. Elle se passe la serviette lentement ou avec un contentement ingénieux. Je la vois s'arrêter entre les jambes et pencher la tête. Elle se sèche maintenant le pubis, qui constitue une masse noire et opaque. Elle ôte la serviette, s'incline davantage et observe quelque chose que je ne parviens pas à voir. Elle y laisse la main quelques secondes, comme l'aile infinie d'un colibri. Dans l'intense lumière qui transperce la vapeur, je la contemple et elle est réelle. Elle prend la serviette et maintenant, les deux mains en l'air, s'étirant, elle la passe dans ses cheveux mouillés. Elle ferme les yeux et il y a, j'en suis sûr, de la jouissance sur son visage. Elle se sèche calmement et je détourne le regard de son corps plein, pur et doré, je peux presque sentir à travers la pulpe de mes doigts sa chair et la presser. J'ose à peine respirer, je dois être prudent, ne pas briser l'enchantement. Je pose la main et découvre que mon short est mouillé. Je détourne le regard de la fente. Avec un soin extrême, nouveau, je me lève. Mais je m'appuie sur la poignée de porte sans le faire exprès...


... j'ouvre, ma mère m'observe.

*Troisième jour*

Les étés à La Paz ont pris fin. Le temps s'est enfui et c'est à peine si l'on a senti un courant d'air. Je ferme les yeux et me découvre là, vivant capricieusement chaque jour. Le temps est une tâche infinie. Si je m'arrête une seconde, une crainte naît dans mon corps ; je préfère donc continuer à écrire sans trop comprendre. Je désire simplement poursuivre sans scruter le gouffre qui s'est ouvert soudainement. Je ne trouve pas encore la raison pour laquelle cela s'est produit, je ne comprends pas ce qui est arrivé. Le temps ou une brèche s'est élargie, un lieu définitif. Je suis là, seul, d'une certaine façon hors du temps, en train d'écrire, comme il convient. J'éprouve un malaise stupide que je ne parviens pas à dépasser ou à soigner. C'est absurde, si je me prends à observer. Dieu, le monde ou le temps, je ne le sais pas, je ne veux pas le savoir, nous envoient par le fond, nous persécutent et se moquent obstinément de nous, de cette abjection infligée qu'ils contemplent. Qu'est-ce que vivre ? Où vit-on ? Mieux encore, quand vit-on ? À quel moment ? Je pressens cependant à nouveau qu'il n'est pas certain que nous vivions comme nous le disons habituellement. Il s'agit au contraire d'une illusion que nous partageons tous.

Si quelqu'un vivait vraiment, c'est-à-dire *s'il vivait*, il ne s'en rendrait pas compte, car personne ne vit tout en évoluant dans le temps ; personne, que je sache, *ne vit en se souvenant qu'il doit vivre*. Ce qui nous maintient, ce sont la mémoire, les variations et les multiples formes que nous en créons. Nous passons notre vie à cela. Ou bien dans l'inconscience. Nous ne faisons que nous tromper, oui, nous nous prêtons avec flamme à n'importe quelle nostalgie qui nous convient. Nous vivons ainsi tournés vers le futur ou le passé, vers l'avant ou l'après, à notre guise, et rien n'est certain finalement : ni l'un ni l'autre n'existe. Tous deux se produisent simultanément, même si nous ne nous en rendons pas compte. Pour autant, ne deviendrait alors vrai que *ce que l'on vit*, ce que l'on est en train de vivre, et ce qui le réalise ? Qui le sait, mieux encore, qui sait qu'il va s'en souvenir et que c'est aujourd'hui sa seule utilité, c'est-à-dire que c'est devenu à cet instant un simple souvenir du futur ?

Nous nous prêtons donc de la sorte avidement à jouir et à souffrir sans mémoire, comme si la vie était, et il semble en être ainsi, un art de prestidigitation et d'amnésie. Personne ne le reconnaît parce que personne ne le sait. Moi, par contre, je le sais. Je m'enfonce irrémédiablement dans la routine de l'illusion qu'est mon corps quand il en aime un autre avec une véhémence infructueuse. Et à cela il n'y a pas de raison, il n'y en a jamais eu. Je ne m'explique donc pas comment il peut être honnête ou pudique de se toucher, d'entendre ses viscères se détendre la nuit, de s'ébattre, de sentir palpiter les veines du cou, alors qu'il vaudrait mieux en finir avec le corps. Comment ne pas ployer devant toute cette décomposition, ce corps infortuné et putride, devant cette dissolution irrévocable et assumée de la chair, devant l'injustice qu'il y a à regarder le corps vivre, se plaindre, jouir? Comment ne pas prendre peur face à son immanence, à sa fatalité, à sa chute infinie?

Et l'art, n'est-il pas transcendant? Je l'ignore, je ne veux pas que cela ait d'importance pour moi. Le désir est-il transcendant? Je l'ignore, bien que je vive toujours, je le reconnais, en fonction de lui. Il est aussi certain que je vis en rêvant à l'art, que je vis pour lui et j'imagine qu'il est là, dans ce qui reste éternellement inachevé. Le désir et l'art, ensemble. Sans se toucher, à peine l'un devant l'autre, qui se reconnaissent, qui attendent. Attendent quoi? Je l'ignore. Ainsi va leur vie, l'un dans sa rêverie, l'autre dans son inachèvement. Il ne leur reste plus qu'à attendre, comme moi. Mourir très agréablement d'ici là : soupirer doucement, sans hésiter.

Le désir et l'art, je les reconnais, ils peuvent être très proches, oui, se toucher. Ils peuvent même se trouver dans mon corps et aussi dans l'âme de tous les objets à la fois. C'est mon désir qui imprègne l'âme profonde des choses, *anima mundis*, identifié à elles un instant. Je découvre alors, en un seul battement de paupières, que l'art est très proche et apparaît par instants. L'art, je le constate, est dans l'âme des choses mais ne se dévoile pas. L'artiste doit donc s'incliner devant lui et ainsi le ployer, le dévoiler. Le désir apparaît, je le vois, je l'éprouve : il est ici, en moi, et là, sur les choses, sous elles, peut-être en elles. Mais avant ne manque pas de m'envahir le sombre pressentiment que le monde est ainsi, éternellement inachevé. Il doit l'être, tout comme l'art : je le remarque dans le corps, les objets, les formes.

Je regarde, contemple les hommes ; ils ne vivent pas, ou tout simplement ils ne vivent pas parce qu'ils *ne savent pas*. Et moi, je contemple : je ne vis pas, je n'ose même pas dire que je vis. Je me souviens. Je ne fais que me souvenir, ce qui est très différent de vivre. Je ne cherche qu'à préserver ma vie, l'autre, celle d'avant et celle qui est à venir. Je cherche à préserver n'importe laquelle de mes vies : celles que je ne vis jamais parce que je ne m'en souviens pas à temps. Pourtant je ferme les yeux, je suis là, par exemple, en me rappelant le futur, février 2006, cet *aujourd'hui* que je décris, dans lequel

80

j'imagine et me souviens. Si alors je ferme les yeux et que j'y pense, je serai de nouveau là, je peux être là. Seulement si je le désire. *Aujourd'hui* je le comprends sans difficulté : je peux me transporter. *Aujourd'hui* ? Quand, *aujourd'hui* ? Je réponds que je ne le sais pas, je ne sais pas quand est *aujourd'hui*. Je mentirais peut-être en affirmant qu'*aujourd'hui* c'est quand j'écris. C'est pour cela, je le répète, que je ne le sais pas. Et si j'ouvre les yeux, où suis-je ? Je ne m'accroche à personne, je ne regarde ni ne palpe mon corps : je ne suis nulle part. Je ne désire plus rien. Je ne m'obstine pas, je ne pense pas et je ne crois même pas que je m'en souvienne ou que j'imagine. J'écris. Je me contente d'écrire. J'ai perdu le cap comme au plus loin en haute mer : il n'y a ni haut ni bas, je ne vois pas une seule bulle d'oxygène. J'écris. La mémoire est peut-être morte. Morte bien avant et je ne le sais pas encore. Il n'y a pas de raison de s'obstiner ou de désirer quelque chose. Laquelle y aurait-il ? Pourquoi ? J'écris et rien d'autre ne compte. Le monde est mort. Je suis mort moi aussi. Avant déjà.

Je n'étais jamais tombé amoureux ; cela revient à dire que je suis tombé amoureux un jour, quelque part, à un moment. Pour cette raison il vaut mieux dire que je ne suis jamais tombé amoureux. Le seul fait de le voir écrit me remplit d'une tendresse misérable, ce sont des mots qui ont la capacité de corrompre quiconque. Si aimer ou tomber amoureux me porte à la tendresse, à cette tiédeur mensongère des sens, alors c'est clair : l'essence de mon corps est viciée, le fragile équilibre de ses quatre humeurs. Avec l'amour, peut-être le minéral secret se décompose-t-il encore plus. J'entends ainsi le vertige par lequel transitent et se replient les viscères, les pores de la peau se détendre. Je me décompose et le monde m'intimide. L'idée d'avoir peur ou mal devant les autres me fait reculer, alors je me replie et me lamente. Me décomposer, l'organisme qui pourrit secrètement, me terrifie. *Aujourd'hui* je sais que tous, d'une certaine façon, connaissent cette souffrance et que leurs viscères pourrissent aussi sans miséricorde. Dans leur stupide léthargie, les hommes se diluent et oublient. Il arrive surtout la deuxième éventualité : les hommes oublient.

S'il y eut un sentiment qui m'était étranger, un élancement ou une sorte de maladie inexistante qui restait à découvrir, ce fut bien celui qu'on appelle l'amour et dont je souffris des années plus tard. Elle s'appelle Laila. Les étés torrides de La Paz et de Los Cabos sont restés loin derrière. Le yacht fut vendu, on quitta la maison en face du quai, Veracruz disparut. Les années passèrent dans la chaleur, imperceptiblement. Pendant ce temps, je me plongeai dans ce flux dévastateur des corps.

Dans mon souvenir, je le sais depuis lors, cohabitent deux entités antagoniques qui détruisent tout : ce sont la jouissance et la douleur. Le souvenir est toujours soit plaisant soit douloureux, il n'y a rien d'autre. Ils se maintiennent, s'appuient avec fragilité, comme s'il s'agissait de corps liquides conservés dans leurs alambics, exactement comme le font la haine et l'amour. Parfois, cependant, l'équilibre est détruit : c'est la douleur qui s'impose, la seule qui brise le plaisir et la stabilité. Cette fois, je le répète, la douleur possède un seul nom, un maître : Laila. Oui, hier précisément j'ai trouvé une lettre ancienne avec son nom écrit au dos. Elle était là, tranquille, et je devinai qu'avant déjà, peut-être même avant qu'elle ne soit écrite, je connaissais sa destination : ces lignes, cette infime partie de mon livre.

La lettre restait écrite, là, tranquille et muette, juste pour gâcher mon plaisir, je le sais. Je n'eus cependant pas d'autre solution que de l'ouvrir et de la relire après toutes ces années, malgré moi. Mais je vais d'abord raconter ce qui s'est passé. Depuis le début.

À l'époque, j'avais dix-sept ans et je montais une pièce de théâtre, *Délicate Balance*, d'Edward Albee. La directrice du lycée nous encourageait. Un an auparavant, mes camarades et moi avions monté, avec un succès très mitigé, *Les affaires sont les affaires*, de Benavente. Cela s'était soldé par un fiasco qui signifiait la perte de mois de travail intensif. Les acteurs, des camarades, et les actrices, leurs sœurs ou leurs amies, ne voulaient pas me reprendre comme metteur en scène. Comme acteur, je n'étais peut-être pas si mauvais, disait-on dans mon dos ; mais comme metteur en scène j'étais lamentable. Le problème consistait maintenant à trouver quelqu'un d'autre pour me remplacer. J'essaie de me souvenir, il me revient en tête les jours précédant la pièce de Benavente, annoncée dans tout le lycée au moyen d'affichettes et d'invitations au foyer. Certaines scènes ne sont pas encore au point et d'autres sont irrémédiablement ratées. Une camarade a comme par magie graduellement perdu la voix au fur et à mesure que le jour de la représentation approche. Les répétitions deviennent épouvantables quand on entend les tirades. Elle bute en permanence sur les mots, les mastique, ils se transforment en salive, elle les rumine, ils luttent pour sortir, et le résultat final est une voix de femme en sourdine, tout à la fois fatale et sans relief. Une de ses amies ne fait pas elle non plus les choses comme elle le devrait, on dirait qu'elle se déplace exprès à contretemps, juste pour gêner tout le monde et obliger à recommencer. Nous passons des heures sur la scène de l'auditorium, toutes portes closes, parfois jusqu'à une heure avancée de la nuit, jusqu'au moment où le veilleur de nuit vient nous déloger. Silvia ne peut jamais s'arrêter là où on le lui demande. Au milieu d'un de ces après-midi, après en avoir débattu avec tous pour qu'une scène ait l'air à peu près au point, je monte donc sur l'estrade et lui crie de s'en aller si elle ne peut pas suivre mes indications. Je m'arrête là, devant tout le monde, et rassemble de la salive entre mes dents comme un chien : je crache par terre à l'endroit précis où Silvia doit s'arrêter.

Les autres, je m'en souviens *aujourd'hui*, furent alors stupéfaits ; moi aussi, pour être franc. Je ne me serais jamais cru capable d'un tel acte. Silvia quitta la scène en pleurant. Suivie de son amie. Un échec, oui, tout fut un échec cet après-midi-là. Nous interrompîmes les répétitions un, puis deux, puis trois, puis plusieurs jours. Je n'ai donc pas besoin d'expliquer comment se déroulèrent les trois représentations que nous donnâmes de la pièce. Il y eut des huées, des rires, du chahut de la part de douzaines d'élèves venus voir notre travail. Une honte, si nous n'avions pas su qu'il s'agissait d'une comédie dont l'intention était en fin de compte de divertir. Mais en coulisses, nous comprîmes tous sans un seul doute de quoi il s'agissait réellement : le public fit preuve d'une malice injurieuse. Pendant plusieurs mois, actrices, acteurs, éclairagiste, techniciens, régisseur, metteur en scène, ne s'adressèrent pas un regard. Aucun d'eux ne voulait rencontrer son pseudo-metteur en scène déconsidéré qui avait *de surcroît* osé jouer le rôle ridicule d'Arlequin dans *Les affaires sont les affaires*.

Ce fut, comme je l'ai dit, au cours d'une des premières répétitions de *Délicate Balance*, plusieurs mois plus tard, que Laila arriva pour accompagner Silvia. J'avais retrouvé l'appui de la direction du lycée. J'avais obtenu l'auditorium pour les répétitions et les représentations, rien de plus. Je ne reçus pas un centime de quelque source que ce fût, et dus respecter la condition préalable de ne mettre en scène ni Sartre ni Genet à aucun prix ; les maristes ne connaissaient pas Albee, ils acceptèrent donc. Des costumes aux décors, tout était à notre charge. Il nous était interdit de faire payer un droit d'entrée. De la direction du collège et des professeurs, nous ne reçûmes jamais rien d'autre qu'une approbation tiède et quelques encouragements teintés de scepticisme, oui, une sorte de curiosité sympathique pour les naïfs membres de la troupe et leur metteur en scène. En faisaient partie ceux qui montraient au cours de l'année scolaire des aptitudes ou un intérêt pour être considérés comme des acteurs, et, bien sûr, *ils ne me connaissaient pas encore*, moi, metteur en scène obstiné et sans expérience.

Seul Octavio, mon ami d'enfance et de toujours, s'intéressa à la pièce d'Albee. Il la lut et, comme je m'y attendais, en fut ravi, bien que, selon lui, le travail de mise en scène s'annonçât difficile étant donné notre manque de moyens. Dès le début, Octavio voulut se charger de ce que nous appelions pompeusement le *casting*, c'est-à-dire la recherche de ceux qui seraient intéressés et la distribution des rôles. Il retrouva Silvia, que je n'avais pas revue depuis huit ou neuf mois, et quelques amis. Il fut le seul, parmi les jeunes de l'année scolaire précédente, à oser jouer malgré les échecs cuisants. Les autres *benaventiens*, si on peut les nommer ainsi, s'excusèrent comme ils le purent, ce fut du moins ce que me dit Octavio. Peu de filles revinrent et il trouva les garçons manquants, enthousiastes et sans aucune expérience, parmi les nouveaux élèves. Au troisième jour des répétitions, Silvia, moins fâchée contre moi, amena son amie avec elle. Malheureusement pour moi, je constatai sur le champ, et pour toujours, même *aujourd'hui* où je m'en souviens, sa beauté tellement extraordinaire, c'est-à-dire tellement hors de ce monde, comme le calme qui émanait de son corps et cette sorte d'odeur agréable, et de memoire qui ressemblait tant à l'odeur de Frida. Elle nous présenta ; en moins d'une minute, je le devinai, j'étais déjà complètement plongé dans le climat, mystérieuse température de son corps. Si je me rappelle encore nettement quelque chose de Laila, c'est le climat. Je ne saurais dire s'il était frais ou chaud, ou tiède ; qu'elle me le faisait sentir invariablement lorsque je me trouvais près d'elle. Et même si je n'étais pas à proximité. Silvia semblait avoir abandonné l'animosité qu'elle éprouvait envers moi. Les répétitions se passaient mieux cette fois et nous avancions bien. Chacun était véritablement absorbé par son rôle, comme je le souhaitais, par contagion, et la pièce leur plaisait de plus en plus, au fur et à mesure que nous progressions. De toute façon, Octavio et moi savions par expérience que la situation se dégraderait lors des dernières étapes quand les esprits s'échaufferaient et que nous sentirions le poids imminent de la première représentation. Les nerfs lâchaient et chacun voulait reporter ses rancœurs et ses ressentiments sur celui qui les avait dirigés pendant plusieurs mois, moi, leur psychanalyste. De même celui-ci envers eux. C'était véritablement une sorte de thérapie, comme je le disais.

J'ai déjà expliqué que je n'avais aucune expérience de la mise en scène, ni de bagage sérieux ou de méthode pour étayer les idées extravagantes que je me faisais alors de l'art dramatique. Tout se réduisait à un petit livre de Stanislavsky et à un autre d'un metteur en scène allemand, Carl Gustav Grüber, que l'on m'avait offerts un jour. Les choses se déroulaient cependant comme par magie et j'imaginais juste mon rôle comme celui de quelqu'un qui doit à tout prix s'imposer aux autres ; j'aimais penser que les choses ne fonctionneraient jamais autrement. *Aujourd'hui* je sais que je me trompais peut-être.

Laila passa l'après-midi sur les gradins de l'auditorium à nous observer tout en gardant un silence absolu, respectueux. J'avais du mal à faire abstraction de son image, de sa présence, de sa respiration paisible derrière moi. Cela me gênait de l'imaginer en train de m'observer ; je ne pouvais même pas m'approcher des acteurs avec ma liberté habituelle. Je ne crois cependant pas qu'ils aient soupçonné quelque chose ; la transformation de ma voix et les gestes de mes mains dirigeant avec un faux naturel n'étaient perceptibles que par moi. J'implorai les anges pour mettre un terme à la répétition, ils m'écoutèrent et nous finîmes tôt. Peu avant de prendre congé, je demandai à Silvia où était son autre amie, la jeune fille qui mâchait ses phrases. En nous entendant, Laila comprit immédiatement de qui nous parlions et se mit à rire : sa voix, sa gorge, étaient presque un trille. La pâleur mate et ovale de son visage était vivement accentuée, les pupilles figées de façon indélébile comme par le flash d'un appareil photo.

« Je ne l'ai pas vue depuis longtemps, me dit Silvia. On dirait qu'elle ne t'apprécie pas beaucoup, Federico.

– Je m'en serais douté », répondis-je sèchement.

Même Laila, je m'en apercevais déjà, devait connaître ma détestable manie de cracher par terre, bien que je ne l'aie fait qu'une seule fois dans ma vie. Ces choses-là se transforment en stigmates avec le temps et l'on devient *le metteur en scène qui crache dans les théâtres*. De toute façon, cela n'eut pas l'air de la déranger, c'était moi que cela dérangeait d'y penser.

Sans cesser de nous regarder et de bavarder, Laila semblait être à la recherche d'une empreinte sur mon visage : qui étais-je, comment étais-je et pourquoi faisais-je des choses étranges. J'aurais dû lui expliquer que sur scène tout préjudice est réparé et conduit en même temps irrémédiablement à la rancœur, mais je n'en fis rien.

Après leur départ, Octavio s'approcha et me dit :

« Dis, qu'est-ce qu'elle est jolie ! Tu ne trouves pas ?

— Qui ça ? lui répondis-je avec une insolence incroyable.

— Elle, me répondit-il, l'amie de Silvia. »

Octavio m'anéantit lorsque, deux ou trois jours plus tard, un peu avant la répétition, encore dans l'auditorium, il me dit :

« Federico, tu ne devineras jamais. Un large sourire lui traversait le visage. Je lui ai téléphoné. »

Je fis une mimique pour demander à qui diable il avait téléphoné et pourquoi il était aussi excité de me le raconter. Dans le fond, je le savais déjà : je le devinai justement en entendant dans sa bouche mon prénom et en me posant la question, qui n'était autre chose qu'une sorte d'affirmation.

Je lui répondis sur un ton tranquille et féroce :

« De qui tu parles, bon sang ?

— De Laila, de qui d'autre, répondit-il sur un ton extasié, et je pus même imaginer la suite. J'ai demandé son numéro à Silvia et je l'ai appelée. Très sympa, tu n'imagines pas, sans détours, puis elle a dit oui, qu'on pouvait sortir ensemble.

– Super ! » lui dis-je.

Je me sentis doublement mal, malhonnête avec lui et sans force pour éviter la jalousie. Celle-ci s'introduisait à nouveau dans mon corps sans permission et toujours sans raison. Je me détestai sur-le-champ et me tus. La répétition fut lamentable par ma faute au point que je reportai ma rancœur sur le seul Octavio, comme si c'était lui le responsable.

Une semaine plus tard, cependant, j'appris par un Octavio fâché qu'il n'était pas encore sorti avec elle. Je reconnais que ce fut une sensation plaisante. Elle avait téléphoné pour annuler. Elle avait laissé le message à sa mère et il avait décidé de ne plus l'appeler, me dit-il. Il n'acceptait tout simplement pas qu'on lui fasse faux-bond. Octavio, il fallait le reconnaître, était incroyablement orgueilleux et susceptible. Aussi éprouvais-je dans le fond l'espoir qu'il ne reprendrait *réellement* pas contact avec elle.

J'osai enfin demander le numéro de Laila à Silvia. Je le fis comme un enfant, en cachette d'Octavio, un mois plus tard. Silvia ne me dit rien, mais je vis son expression ; elle avait l'air vraiment surprise. Elle me l'écrivit sur un bout de papier et je le plaçai dans la poche de ma chemise maladroitement, en me dépêchant. Silvia fut distraite au cours de la répétition. Je ne lui dis rien ; cette fois je préférai me montrer charitable et aimable avec elle. Soudain elle adressa un regard oblique à Octavio, scruta son visage et continua à jouer, complètement étrangère à ce qu'elle faisait. Il était prévisible qu'elle appellerait Laila le soir-même pour le lui dire, c'est-à-dire *pour la prévenir*. En arrivant chez moi je lui téléphonai ; j'allais peut-être devancer Silvia. Elle me répondit en personne, Laila, la jeune fille en fleur au climat éternel dans le corps : sa voix était à nouveau un trille mélodieux, je pouvais même imaginer à l'autre bout du fil sa gorge, sa poitrine. Elle n'eut pas l'air de trop réfléchir pour savoir qui l'appelait et cela, impossible de ne pas le reconnaître, me flatta.

La sortie fut magnifique. Je passai la prendre le lendemain, l'emmenai dans un café, et nous bavardâmes tout l'après-midi. Quand elle parlait ou souriait, je regardais sans cesse la matité de sa peau, son regard profond, ses cils sombres qui voletaient inlassablement au milieu d'un visage ovale. Je me sentis à nouveau pris dans le climat de sa peau, sans aucune volonté de me protéger : une chose indescriptible, un véritable point d'interrogation *aujourd'hui* encore. Sans réfléchir, je lui pris la main et elle ne dit rien. Nous continuâmes ainsi, à nous caresser pendant des heures, nos regards plongés l'un dans l'autre, et, un peu avant de régler l'addition au café, alors que nous étions encore assis, à nous frôler les genoux, je le découvris comme on découvre ou résoud une énigme l'espace d'un instant, en un éclair. C'était une énigme qui n'existait pas auparavant. Oui, ce fut au cours d'un mouvement presque involontaire de sa main, quand elle rejeta sa chevelure en arrière, que je m'en aperçus : sous la tempe polie et mate, il lui manquait une oreille.

Ils rentrent très tard du centre. Emilio m'apprend que nous prendrons la mer le lendemain. Mon oncle David veut aller sur une plage de l'île de l'Espíritu Santo, son endroit préféré. J'ai passé le reste de la journée sur le quai à parler de femmes avec Veracruz. Il en avait plusieurs, me racontait-il, et dans ma curiosité et mon élan je voulais juste être plus grand, comme les autres : avoir, comme eux, beaucoup de femmes.

Le soir, quand tout le monde dort, j'entends très nettement cette question que je souhaitais entendre auparavant. C'est la voix curieuse d'Octavio :

« Qu'est-ce que tu as fait de toute la journée, Federico ? »

Dans l'obscurité et l'opacité de la chambre, je ne parviens pas à distinguer l'expression par laquelle mon ami cherche à m'exprimer quelque chose. Il ne peut pas me voir lui non plus. Dans l'incapacité de découvrir nos visages bien que nous soyons seuls dans la pièce, je lui réponds :

« Fiche-moi la paix. J'étais sur le quai avec Veracruz.
Je suis fatigué, je veux dormir, tu sais bien qu'on part
tôt demain matin.

— Et Frida ? insiste-t-il.

— Quoi, tu n'as pas entendu ? Je veux dormir ! »

Je l'ai trompé ou peut-être me suis-je trompé moi
seul, naïvement ? *Aujourd'hui*, après toutes ces années, je
l'ignore, je n'en suis pas si sûr. Nous nous sommes tus.
La Paz également.

J'aime pourtant imaginer la ville là-bas, attendant que
j'arrive un jour et que nous nous rencontrions, penser à
La Paz comme le fait un poète de son lieu de naissance :

« Ô ville !
déjà si lointaine !

Lointaine près de la mer :
soirées portuaires,
abandon erratique des môles.
Les marées s'obstineront toujours plus
au long des heures là-bas.

Ce sera une rumeur,
un palpitement qui monte en s'endormant,
quand se montrent les lueurs de la nuit
au-dessus de la mer.

Mais toujours plus profondément
tu m'accompagnes, ô ville
comme un amour sombré, irréparable.

Tantôt une vague, tantôt un silence. »

Nous partons tôt. Les jours d'excursion, nous devons être prêts à huit heures précises. Mon père et mon oncle s'occupent des derniers préparatifs du voyage : un gilet de sauvetage manquant, les sacs et les caisses de nourriture, les saucisses ou les victuailles habituelles, les énormes glacières avec des bières et des rafraîchissements, le canot pneumatique gonflable, son petit moteur hors-bord, les cannes à pêche. Nous n'allons jamais passer la première nuit très loin, car le yacht doit mouiller avant le coucher du soleil.

Soudain, au milieu du vacarme général, entre deux plaisanteries, Veracruz dit ce matin que nous irons dans un endroit nouveau, complètement inconnu. Quand ? Demain, après avoir dormi à La Partida, dit-il. Comment s'appelle-t-il ? demandons-nous, Selma, Aarón et moi. Las Rémoras, répond-il en riant. *Aujourd'hui* je sais qu'il l'a inventé, que Las Rémoras n'a jamais existé, que ce village n'apparaît sur aucune carte de Basse Californie. Mais nous l'avons tous cru. Peut-être apparaîtra-t-il un jour dans un lieu, un livre, et je ne le sais pas encore.

Je ne pus fermer l'œil de la nuit, le souvenir ardent de ces deux derniers jours à La Paz me tenait éveillé : les souvenirs vifs, incarnés, de Frida, ma tante, et de la prostituée d'El Ferry. Je ne voulais pas perdre un seul détail ; et les ronflements impressionnants d'Octavio m'y ont sans doute aidé.

Il est neuf heures quand, enfin prêts, nous quittons le quai ; très vite, nous apercevons, sur la droite, le port de La Paz, son long front de mer, et le dépassons. Il s'écoule quelques heures pendant lesquelles nous sommes chaudement assis à la proue avec les autres, j'attends patiemment le moment où la quille va briser les vagues qui viennent à sa rencontre. Je les regarde, je les compte, j'espère que ma prédiction se vérifiera, sinon je recommence : alors la vague devra se briser. C'est ce qui arrive. C'est mon jeu, je m'en délecte comme un somnambule. Si je regarde en arrière, j'observe avec perplexité comme Ismaël dans *Moby Dick* les mouettes et les blancs albatros suspendus, presque immobiles au-dessus de nous, qui suivent la trace du sillage blanc. Il semble pourtant que le yacht soit à l'arrêt en les voyant là, se dessinant contre le ciel lisse du matin, statiques, sans bouger une aile. Je reste en haleine sans les perdre un instant du regard. Ensuite ces oiseaux gigantesques s'ennuient et prennent un autre cap, nous laissent quitter la baie et entrer en haute mer seuls. Nous passons quelques plages : d'abord, Coro-

muel, pleine de monde en été, et peu après Pichilingue, d'où partent et arrivent les transbordeurs de
Mazatlán et Topolobampo. Nous mangeons là, certains
commandent un plat d'*almejas chocolatas*, énormes
huîtres farcies en papillottes servies avec des légumes.
D'autres prennent du thon, également en papillottes,
ou une *mojarra** grillée; d'autres encore, un gigan-
tesque mélange de coquilles Saint-Jacques, ou un
*ceviche*** ; enfin, nous dévorons tous d'immenses plats
de friture ou de crevettes et de riz à la banane frite. De
temps en temps, Veracruz quitte le yacht et vient à la
nage dîner avec nous, d'autres fois il nous attend et, de
là, de cette plage avec une multitude de touristes qui se
font bronzer, nous contemplons ses cheveux bouclés, la
corpulence de son corps brun, ses grands pieds nus sur
la manivelle du bateau. Il s'assied dans le compartiment
du haut comme un prophète noir, immense, et laisse
son regard se perdre dans ce lointain azur qu'il connaît
si bien.

Nous mettons enfin le cap sur La Partida, une des
criques qui ponctuent l'île de l'Espíritu Santo. Il ne
s'est écoulé que deux heures depuis Pichilingue, mais
pour nous, Selma, Octavio, Emilio, Aarón et moi, elles
nous semblent une éternité à bord. Il est impossible de

---

* Poisson d'eaux douces ou mêlées.
** Poisson cru mariné.

comparer à une autre masse que l'eau ces distances plates que nous parcourons presque sans nous en apercevoir, presque aériens. Les corps s'étirent au contact éphémère du vent sur les flancs du yacht, les uns s'enduisent d'huile et prennent le soleil, mon père et mon oncle passent le plus clair de leur temps avec leurs longues cannes à pêche, à l'arrière. Ils bavardent, doivent attendre avec la constance des adultes de pêcher quelque chose pour le dîner. Ma mère et ma tante restent à bavarder à l'intérieur. Nous n'arrêtons pas de voltiger sur le bord, en nous tenant au passavant, riant comme des fous, jouant à nous poursuivre ou à chercher un dauphin. Nous en trouvons très souvent : ce sont des formes bleues, d'autres fois grises et argentées, qui plongent quelques secondes et réapparaissent soudain pour nous suivre jusqu'au moment où elles se fatiguent et disparaissent de la même façon que les albatros peu auparavant. Les dauphins, cependant, viennent presque toujours par groupes de cinq ou six, lisses et rapides dans leurs zigzags, uniformes. Alors commencent nos cris, l'animation sur le yacht, nous les signalons, ils jouent, se roulent dans l'eau. Puis ils disparaissent, fuient définitivement. Nous les appelons, les implorons, mais ils ne nous entendent pas.

Nous arrivons enfin à l'île de l'Espíritu Santo. Là, il y a une plage parmi d'autres : La Partida. À peine avons-nous jeté l'ancre qu'Emilio et moi en tête, puis les autres, nageons vers la rive sans même attendre que le canot pneumatique soit prêt. Veracruz reste pour s'en occuper avec un gonfleur électrique. Nous courons comme des fous sur ce sable propre, nous plongeons dans la mer pour nous rafraîchir et reprendre les poursuites. Nos corps maigres sèchent mais, quelques minutes plus tard, nous recommençons ce ballet épuisant et exultant où l'on plonge et sort de l'eau. Le soleil rattrape nos corps mouillés qui semblent lui avoir manqué, il cherche à transformer en vapeur les gouttes qui adhèrent à la peau.

Ma sœur a facilement des éruptions cutanées. Nous entendons rapidement ma mère l'appeler du yacht et, dissimulant une grimace de colère, elle lui répond qu'elle n'ira pas. Nous nous moquons, nous obstinons à la faire partir, lui disons qu'elle n'est qu'une fille. Selma reste immobile et marmonne une phrase que les autres n'entendent pas. Moi si, elle s'adresse à moi en particulier. J'ignore pourquoi l'Éden se brise soudain, La Partida disparaît, Puerto Balandra, Pichilingue, Nopoló et même La Paz s'effacent de toutes les cartes du monde. Elle s'approche, me parle à nouveau, part immédiatement en courant. Le repentir ou l'amendement ne viennent pas d'elle, c'est au contraire la recherche insatisfaite de mon corps, des racines les plus profondes de mon être. Je la poursuis, l'animosité croît entre nous sous ce soleil qui fond dans le dos et, sans même savoir pourquoi ou comment, je me laisse guider par l'instinct. Je la repousse, la frappe, nos corps sont barbouillés de sable en un clin d'œil. Chacun de ses cris, que j'entends encore, m'oppresse, déchire la paix de ce monde, son ordre originel, ancestral, comme une offense à la nature. Le sang qui se presse dans ma tête n'arrête pas de me harceler juste au moment où je sens qu'ils me traînent et m'enlèvent à plusieurs, car je n'aurais jamais pris la décision de la laisser. J'entends les plaintes de Selma, à nouveau ses cris comme une marque d'impureté qui tache la tranquillité infinie du ciel.

Nous jouâmes *Délicate Balance*. Tout s'était incroyablement bien passé, aucun des acteurs ne se trompa dans son texte et les erreurs passèrent inaperçues. Ils étaient tous contents, satisfaits de leur travail des derniers mois, cela se voyait à des kilomètres. Ensuite, quand la troupe voulut fêter ça, nous partîmes place Garibaldi. Octavio, Silvia, Laila et moi dans ma voiture. Dans le vacarme de l'immense place, au milieu des voix des mariachis et des guitares, après avoir bu un verre dans un bar et nous être promenés tous ensemble, Laila et moi nous séparâmes du groupe sans rien dire. Alors, dans une de ces rues étroites et sales, je l'embrassai. Puis nous disparûmes. J'imaginai peut-être, comme nous l'imaginons tous un jour, faiblement, maladroitement, que cette femme qui est avec toi et que tu crois l'espace d'un instant tienne – tienne ? –, avec laquelle tu décides par une nuit glacée, et sans le lui dire, de partager ta vie, est invariable dans son amour ; tu crois que ce que tu ressens est immortel. Et c'est, bien au contraire, un oubli funeste et triste que d'y penser : tu es mortel, tes sentiments, comme les siens, sont délétères, changeants. Nous vivons dans l'oubli quotidien des choses, Federico, souviens-t'en. Soudain un vent glacé traverse la banquette, et tu observes son visage pâle, ses sourcils épais, son regard profond, son cou, sa gorge. Tout est immortel, te répètes-tu de nombreuses fois tandis que tu l'étreins puis, sans percevoir quand, tu cesses de l'étreindre. Ces jours se meurent.

À partir de cette nuit, nous partageâmes, disons-le, un temps exagérément bref, beau, dans lequel tout fut, comme le disait Albee avec ironie, délicat et équilibré. Elle m'avait dit dès le début qu'elle partait vivre à l'étranger avec ses parents et son frère ; ils étaient cubains et attendaient depuis plusieurs mois d'obtenir leur permis de séjour pour déménager à Miami. Imperceptible, fragile, le temps de la jeunesse nous abandonna et, sans presque que je m'en rende compte, ils partirent. Laila ne put rester ni retarder son voyage. Une nouvelle vie l'attendait à Key Biscayne et, malheureusement pour moi, je n'en faisais pas partie. Mais je m'obstinai, Laila aussi au début, et nous attendîmes. Attendre quoi? Du temps, me dis-je, un temps indéfini et absurde. Le temps, ce mensonge avec lequel la vie nous trompe, nous adoucit le palais, et que nous écoutons tous. Plusieurs années s'écoulèrent qui *aujourd'hui* m'épuisent lorsque je m'en souviens, des lettres que je n'ai pas envie de lire, des visites, brèves et désespérées, puis, enfin, une dernière lettre, inévitable, où elle m'écrivait quelque chose comme pardonne-moi, je sais que tu ne veux pas savoir... Federico, je me marie.

Ensuite, tu ne devines pas comment ni quand, le temps a filé encore plus vite, un après-midi tu ouvres le tiroir de ton secrétaire et tu y trouves une autre lettre à côté de celle de Laila, cette fois celle de ton ami Octavio (la dernière qu'il t'a écrite, tu la reconnais), celle dans laquelle il te raconte ce que tu n'as jamais voulu savoir, ce que tu ne lui as jamais demandé de te dire, ce que tu n'as jamais imaginé qu'il ait pu se passer avant, *quand il est sorti avec elle*, et cela recommençait, quiconque lira ces lignes sait de quoi il s'agit.

*Dernier jour*

J'écris dans le futur. Je commence à écrire dans le futur, je le fais *aujourd'hui* : 23 février 2006. Je ferme les yeux et constate que c'est absolument certain. Je suis là, à écrire pendant ces secondes précises. Alors, ce 23 février 2006, je referme les yeux et je suis à nouveau ici, à écrire, et c'est absolument certain également, c'est réel. Les deux choses sont vraies, il suffit que je le souhaite. *Aujourd'hui j'écris dans le futur* et ce n'est pas que je sois *là-bas* car *là-bas* c'est aujourd'hui même, le moment où j'écris : février 2006. Je n'aperçois pas le futur, je ne le devine pas non plus. Je peux juste dire que je m'en souviens. Je le regrette parce que je l'ai déjà vécu, parce que je suis en train de le vivre.

Je loue depuis cinq ou six ans un petit appartement rue Monge. Il y a juste une cuisine américaine, un garde-manger vide que j'ai installé moi-même, une salle de bain avec douche et une chambre exiguë qui se transforme en séjour quand viennent les rares amis que j'ai conservés. Expliquer pourquoi j'ai quitté

Mexico est une longue histoire. Je dirai simplement que j'ai obtenu un poste de lecteur à la Sorbonne et depuis quelques mois je me consacre également à la tâche malsaine de rédiger un long essai que certainement personne ne lira. Le salaire me donne tout juste de quoi vivre, hormis le fait que je ne pourrais certainement le partager avec personne. J'ai obtenu mon indépendance un an après mon arrivée à Paris, j'en avais vraiment assez de partager des appartements avec des élèves ou des professeurs étrangers de passage. Seuls le temps et quelques économies m'ont permis de trouver ce petit appartement. La rue n'est pas mal et je suis tout près du métro Cardinal-Lemoine, qui m'emmène rapidement à Beaubourg ou à l'Université. Depuis les travaux dans les voies souterraines, il y a environ trois ans, il est possible de respirer sans masque sur les quais et dans les couloirs interminables.

Il est tard, j'ai déjeuné avec Volpi et Nedim Gürsel, deux amis, un Italien qui cherche à faire traduire ses romans en français et l'autre, un Turc, un peu plus âgé, également écrivain et docteur en littérature comparée à la Sorbonne, avec un ouvrage, je crois, sur Hikmet et Aragon. À peine arrivé, je me suis assis devant l'ordinateur pour écrire cela exactement comme je le faisais avant : dans un élan. Au tout début, comme je l'ai dit, j'ai eu quelque chose comme une illumination soudaine ou une très forte impression : c'était comme si j'avais déjà vécu ça. Je fermai les yeux. Je voulus immédiatement me souvenir de ce court roman que j'avais publié quand j'étais jeune encore, à vingt et un ans, je crois. Je cherchai dans des livres en désordre sur des étagères et dans des caisses et finis par le trouver : *Les Prières du corps*. Je cherchai avidement le chapitre quatre, « Dernier jour », et commençai à lire : « J'écris dans le futur. Je commence à écrire dans le futur, je le fais *aujourd'hui* : 23 février 2006. Je ferme les yeux et constate que c'est absolument certain. Je suis là, à écrire pendant ces secondes précises. Alors, ce 23 février 2006, je referme les yeux et je suis à nouveau ici, à écrire, et c'est absolument certain également, c'est réel. Les deux choses sont vraies, il suffit que je le souhaite. *Aujourd'hui j'écris dans le futur* sans me trouver *là-bas* pour autant, car *là-bas* c'est aujourd'hui même, au moment où j'écris : février 2006. Je n'aperçois pas le futur, je ne le devine pas non plus. Je peux juste dire que je m'en souviens. Je le regrette parce que je l'ai déjà vécu, parce que je suis en train de le vivre. » Et c'était vrai.

Tout de suite après, je laissai le roman de côté et approchai l'ordinateur pour voir ce que j'avais écrit avec fureur en arrivant et c'était exactement la même chose. J'avais recommencé ; j'avais écrit ce que j'avais déjà écrit. Ou ne l'avais-je écrit qu'une fois ? Était-ce un *aujourd'hui* éternellement inscrit dans le temps ? Ou hors de lui ? Je comparai les deux textes et ils étaient identiques, comment avais-je donc écrit ce fragment puisque je l'avais à peine écrit aujourd'hui, puisque je venais de l'écrire en réalité ?

J'avais *achevé Les Prières du corps* les derniers jours de février 1975, à vingt et un ans et cependant, *je l'écrivais aujourd'hui*. Il est également vrai que j'avais détesté mon petit roman avant de l'achever. Parfois, je le reconnais, on aurait dit un mauvais poème ou sa tentative. J'ai conservé la coupure de l'article écrit à son sujet par un critique, Armando Pereira, dans lequel il disait que *: « Les Prières du corps* consistaient en un discours franchement adolescent : pressé, négligé, sautant d'un événement à l'autre et dont les personnages, tous adolescents, se débattaient entre un discours prétentieusement philosophique et une sexualité immature plus imaginaire que réelle » (*Un-plus-un*, samedi 28 novembre 1975). Je repoussai la machine dans le fond. Je crus vraiment que j'étais malade, que je délirais, quand je m'arrêtai et parcourus *Le Monde* qui se trouvait par terre ; je lus l'en-tête : *aujourd'hui, 23 février 2006.* Je me rassis et feuilletai avec hâte mon livre, cette histoire d'amour, ou devrais-je dire ces nombreuses histoires d'amour que jamais personne n'avait lues et qui étaient passées inaperçues à l'époque. Comment ai-je pu, comment puis-je écrire là que j'écris ici, me rappeler l'avenir, le connaître ? Je n'ai pas voulu le deviner, je l'ai souhaité ; je commençai à m'en souvenir et aujourd'hui je le regardais écrit justement un 23 février 2006. Oui, je passe les pages très lentement ; je me mets à lire ce « Dernier jour » de l'histoire, de mon histoire. Ou peut-être que je m'interromps, je mets *Les Prières du corps* de côté. Je reprends la machine et me mets à écrire, c'est sûrement ce que je fais. Je vais passer cette nuit froide à en finir une bonne fois pour toutes. Puis je pourrai aller au lit.

Volpi et Nedim m'appuient depuis que j'ai fait mon plan de travail et ils résolvent un point de temps en temps. Je suis dans mes recherches depuis trois mois. Je fais d'abord une relecture pertinente des ouvrages, je prends des notes, je fais des fiches, et cependant je ne me décide pas à commencer. C'est habituellement, du moins pour moi, le plus difficile. Le sujet, certes, je l'ai cherché, il m'a obsédé pendant des années, mais on me l'a également conseillé au Département ; il s'agit de quelque chose d'aussi sombre et à la fois aussi vaste que peuvent l'être les formes que prend l'histoire d'Osée, ce prophète mineur, chez les romanciers des XIX$^e$ et XX$^e$ siècles. Il n'y a pas de limites à la recherche, ce qui rend le travail de plus en plus ardu, fatigant. J'ai sur ma table, éparpillés, des livres si différents et à la fois si semblables, *L'Idiot*, *Crime et Châtiment*, *Santa*, *Nana*, *La Maison verte*, *Las Rémoras*, *Le Consul honoraire*, *Le Fil du rasoir*, *La Condition humaine*, *Les Misérables*, *L'Éducation*

*sentimentale*, le chapitre sur Circé dans *Ulysse*, le troisième du *Portrait*, « Un amour de Swan », etc. Mais la
liste s'allonge de façon stupéfiante à chaque nouvelle
suggestion que tous deux, Gürsel et Volpi, me font ; à
chaque découverte également. C'est pour cela qu'il
m'arrive de penser parfois que le travail peut devenir
interminable si je me relâche. J'ai inclus dans les dernières fiches un livre de Nedim, *La Première Femme*, et
il me reste à revoir comme il me l'a dit aujourd'hui
plusieurs romans de Moravia, Jan Valtin, Sue, Lajos
Zilahy, Amado et Onetti. Ces auteurs ont-ils lu Osée,
avant d'écrire leurs œuvres ? Dans quelle mesure les a-
t-il influencés et, de toute façon, est-il possible de le
vérifier ? Est-ce là une manifestation du hasard, ou le
travail de l'inconscient chez un prophète de Samarie,
puis chez le Christ et ensuite, pour prendre un seul
exemple, chez un Russe orthodoxe ? Comment comprendre un homme, un homme égaré, qui abandonne
sa famille en pleine agitation politique, crie dans les
villes, comme le faisait le prophète Jérémie, que Iahvé
lui a demandé une nuit de rejoindre une prostituée,
qui écrit ensuite un livre dont l'Église, des siècles plus
tard, décide de faire un texte sacré ? Les questions à
traiter, les points d'interrogation, sont nombreux, et la
tâche me semble parfois irréalisable, sans une base qui
soutienne depuis le début la structure complète du
projet. Très peu de choses ont été écrites sur Osée, c'est

vrai. Peut-être aurais-je besoin d'autres mains qui pourraient m'aider dans ma tâche, mais le Département ne m'a proposé personne. Je ne sais pas encore si je tiendrai jusqu'au bout ou si je finirai par trouver cela mortellement ennuyeux. J'ai théoriquement deux ans et demi pour achever le travail. Les derniers jours de février, toute tentative de sortir de la maison pour consulter un nouveau livre est une blessure dans le corps : le froid me traverse, m'agresse, cherche avec acharnement à entrer par les fenêtres ou la porte. Le convecteur électrique a dix ans et chauffe à peine la pièce. La zone de la rue Monge est agréable malgré la présence de plusieurs immeubles très détériorés qui n'ont jamais connu la moindre transformation au fil des ans, comme le mien.

Il est tard, je finis de dîner avec Volpi et Nedim. Ils ont été indulgents, je crois, vis-à-vis de mon travail ; ils n'ont pas signalé tout ce qu'ils auraient dû. Ces critiques et amis sont indulgents malgré eux. Je vais devoir chercher quelqu'un d'autre ; je perds parfois la perspective de l'essai, sa véritable finalité, je ne l'ai pas encore trouvée *aujourd'hui*, et je comprends que je vais trop loin. Nous avons assez bien dîné dans un restaurant chinois tenu par son propriétaire, Fushía, où le service est soigné. Nous nous y retrouvons en semaine ; le froid rend cela de plus en plus difficile. Nous nous sommes quittés avec la promesse de nous revoir très prochainement. Je prends le métro, m'installe confortablement dans un coin, il y a juste une petite vieille dans la rame ; je sors enfin à Cardinal-Lemoine et me dirige chez moi sans attendre. Il passe peu de voitures. Il fait un froid terrible. J'ouvre la porte de l'immeuble et ne pense qu'à me coucher le plus vite possible, à dormir. Je n'attends pas l'ascenseur, je prends l'escalier et ouvre la porte. J'entre, la claque de façon calculée avec le pied. Cela résonne. Je regarde la lumière de la lampe éclairer le petit ordinateur qui se trouve sur le bureau, entouré de livres, et sans savoir ni comment ni quand, presque involontairement, je m'assieds sur la chaise auparavant penchée en avant, en écrivant ce qui n'a aucun sens précis et que je reconnais à peine : peut-être l'instinct m'a-t-il poussé à nouveau pour m'ôter le sommeil. Mais il s'est dissipé au moment où j'ai éprouvé une sorte d'éblouissement ou de forte impression, ensuite j'ai fermé les yeux.

Tout est sombre et il fait un froid de caverne, d'outre-tombe, ou du moins comme on imagine qu'il peut geler dans la mort, dans l'enfer. Je marche dans ce couloir lugubre qui ne permet même pas d'apercevoir un rai de lumière ; *il n'y a que moi*, Federico, qui peux en même temps me contempler en train de marcher. J'ai peur pour une raison inexplicable, mystérieuse, et je me protège avec les bras. De cette façon la peur finira peut-être par s'en aller. Mais pas encore. *Je me touche*, c'est toi, Federico, même si tu as l'air soudain étranger, même si tu feins d'être un autre. Je ne parviens cependant pas à prendre une autre direction que celle *où mes pas t'emmènent*, Federico, comme un aimant; ils prophétisent, indiquent, te conduisent avec assurance dans ce couloir long, obscur, infernal. Tu ne tardes pas à savoir que tu es exposé aux intempéries, le couloir donne sur une rue solitaire et large, sombre également, où il n'y a pas âme qui vive et où l'on n'entend pas un bruit. Toi, *c'est-à-dire moi*, tu continues et tu ne sais pas pourquoi tu ne t'es pas arrêté, pourquoi tu ne t'arrêtes pas. Et si tu le faisais, par où continuerais-tu? Rentrer? Mais où? Tu ne sais pas d'où tu viens, Federico, tu te retrouves soudain à marcher ici, seul, dans le couloir qui t'a conduit à cette rue aux pavés sales et encore plus gelés. Tu continues, tu n'entends que le bruit de tes pas, leur écho résonne nettement à tes oreilles, la rue est humide, sombre. Tu ne distingues pas à vingt centimètres d'autre objet que le vide, une sorte d'abîme terrifiant dans lequel tu peux tomber si tu trébuches. Tu n'as aucune raison de te tourmenter, Federico, tu le sais. Il y aura bien une lumière, un interstice, un son qui t'appellera au moins ou te guidera, te dira par où tu peux aller. Tu continues, tu tâtonnes, solitaire, *c'est moi, Federico, mais tu es* le même dont une bourrasque traverse soudain la peau, la blesse, et qui ne sait comment l'esquiver. C'est déplorable. Tu trouves soudain une lumière, une infime lumière qui émane du bout encore indéterminé de la rue, c'est peut-être un lampadaire. Tu marches vite, tu bats des paupières parce que le vent te frappe le front et tu as du mal à poursuivre, tu halètes un peu, tu presses le pas. Tu écoutes enfin au loin quelques bruits presque imperceptibles ; ils proviennent de cette lumière, tu le sais, du même endroit dans lequel se trouve la cloche en verre qui la diffuse. Tu t'approches sans hésiter. Au fur et à mesure de ta progression la lumière s'étale et les sons deviennent plus nets, plus compréhensibles, tu découvres la continuité qu'ils engendrent, une certaine harmonie, l'affinité entre l'un et l'autre, et tu comprends enfin que ce que tu entends, ce que tu entendais à peine auparavant, c'est de la musique, Federico. Un peu réconforté, tu respires, tu émets une bouffée d'air, tu contemples la vapeur laiteuse qui monte en même temps que tu décides de courir sur les pavés à travers les intempéries. Cela n'a plus d'importance, tu as écarté les bras du corps et la peur diminue, s'est nuancée, tu te libères de ce poids monstrueux, initial, à chaque pas. Tu arrives enfin à la lumière qui descend du même lampadaire en verre sur cette porte, et tu l'ouvres. Tu écoutes la musique que joue un orchestre et tu trouves une foule éparse, lasse. Tu vois un énorme gâteau au milieu de la piste. Il doit s'agir d'un anniversaire, te dis-tu.

Il y a des jeunes qui s'amusent, des gens âgés, de belles femmes, des hommes en costume, des ivrognes, d'autres qui fument, tous revêtus de leurs plus beaux habits. Ils t'ont vu, t'observent, tu sais qu'on te trouve différent et qu'on ne t'a peut-être pas invité à la fête. Mais tu n'y prêtes pas attention, tu fais comme si tu ne voyais rien ; au contraire, tu vas droit devant, Federico, pris au milieu des gens, dans la bousculade ; tu les vois danser, d'autres boivent et bavardent. Comme un aimant *je te conduis*, Federico, je *pousse* tes pieds pour que tu traverses la multitude de corps que tu ne connais pas encore et que tu tolères leurs poussées tièdes. Tu te rappelles parfaitement où tu dois aller, où tes pas se dirigent. Tu le sais depuis toujours, *aujourd'hui* tu t'en souviens : tu aperçois une masse compacte, tu vas vers elle. La piste s'ouvre lentement et derrière, juste au comptoir où certains s'appuient, tu la regardes. Elle est seule, se détache à peine ; tout près d'elle, un homme sert les boissons, tu t'en souviens bien, tu le sais. Tu pars dans cette direction. Depuis le couloir, ou peut-être avant, ton corps allait vers elle, ton instinct te le dit, ton âme te le dicte comme s'il s'agissait d'une prémonition fatale. En t'approchant tu contemples sa robe violette à pois et à franges qui enveloppent sa silhouette fragile, élancée ; on aperçoit à peine les chevilles. Son corps se retourne quand tu es plus près et tu ne parviens pas à distinguer son visage, ses traits ; tu ne vois même pas une expression, tu trouves juste ses cheveux noirs, d'un noir bleuté, qui brillent maintenant sous les projecteurs de la piste, Federico. Tu es ébloui de la voir et tu fais l'impossible pour découvrir son visage, découvrir sa physionomie, ses traits purs. Tu y consacres encore toute ta volonté mais tu n'y parviens pas. Alors tu constates, tu sais, que tu as près de toi la plus belle femme que tu aies jamais regardée. Mais tu ne l'as jamais regardée auparavant! Ni aujourd'hui! Comment peux-tu l'affirmer? C'est tout simplement quelque chose que l'on sait, *n'est-ce pas, Federico*? Et qui ne peut être transmis. Vous vous étreignez sans vous dire un mot, tu la prends par la taille, et vous commencez à danser sur la piste, entourés de nombreux couples. Tu l'étreins très fort et elle fait de même. Tu l'enlasses, elle pose les mains sur tes épaules. Tu te sens enfin protégé et la crainte s'éloigne, diminue; tu l'as enfin oublié ou tu le supposes. Vous avez chacun la tête posée sur l'épaule de l'autre et vous ne pouvez pas vous regarder librement. *Je ferme les yeux*, Federico, et *aujourd'hui je sais*, puisque tu t'en souviens dans ton âme, Federico*, que je l'aime*, que c'est elle seule que tu as toujours aimée et qu'aujourd'hui tu l'as tout près de toi. Tu ne veux pas l'abandonner, tu comprends qu'elle a attendu que tu arrives. Tu n'as pas la moindre idée de qui cela peut être, mais tu veux connaître son visage, l'imaginer ou au moins avoir une certitude pour pouvoir l'aimer comme tu n'as jamais aimé personne de ta vie, comme tu n'aimeras aucun autre être humain. Tu le devines et une nostalgie indescriptible t'envahit, une peine impossible à cerner. Cela t'afflige de ne pas l'avoir aimée avant, ou de ne pas t'en souvenir. Soudain tu entends que la musique s'est arrêtée et les couples qui se sont écartés attendent sur la piste. Mais tu ne veux pas te séparer d'elle et tu dois le faire. C'est alors que tu devines le véritable motif de toute l'histoire : il s'agit d'un rêve, Federico. Tu découvres que tu as vécu dans *mon rêve* et tu te le rappelles, il se révèle à toi comme une chose étonnante et aussi comme un poids intransportable. Tu n'acceptes pas le mensonge dans lequel tu es pris, cela te fait mal, et cependant, qui est le coupable ? Moi, peut-être ? Tu es submergé d'angoisse, d'inquiétude, tu perds contenance et lui demandes désespérément de te donner son nom, oui, son nom... Tu la presses. Tu iras la chercher plus tard, tu le lui dis, quand tu te réveilleras. Elle n'a pas l'air de comprendre, elle sourit d'un air sceptique. Tu l'observes fixement, tu ne veux pas oublier ses traits, ses tempes, ses dents bien alignées et polies, son expression, le mystérieux climat de son corps, son regard profond et sombre, tu voudrais les saisir pour toujours, n'est-ce pas ? Tu contemples ses cheveux : ils crépitent sous l'arc-boutant de lumière, encadrent son visage. Tu n'as pas encore idée de qui peut être cette femme, et juste à ce moment, l'espace d'un instant, tu crois la reconnaître, tu pressens quelque chose, oui, tu ne sais quoi, c'est juste un faible balbutiement, tu l'as toujours regardée mais tu ne te rappelles pas encore où, tu ne sais pas qui elle est. Elle remue les lèvres et veut te dire quelque chose. Tu ne l'entends pas, tu t'approches d'elle. Tu veux l'étreindre, tu ne veux pas la perdre ainsi, facilement, pour l'éternité. Peu à peu ce froid d'outre-tombe t'envahit. Cette fois tu tends l'oreille de plus près, tu frôles ses lèvres de ton oreille mais tu ne l'écoutes pas : tu ne distingues toujours pas ce qu'elle veut te dire. Elle prononce à nouveau quelque chose et tu la vois en même temps s'éloigner, elle disparaît, ou toi, Federico, c'est toi qui t'en vas bien que tu l'étreignes et que tu la serres contre toi. Tu la contemples encore plus loin, confusément. Elle, ton véritable amour, ta vie, s'estompe, disparaît. Ou c'est toi qui disparais. Tu implores son prénom, tu l'appelles, tu cries que tu iras la chercher, que tu iras la chercher où que ce soit, où elle te le demandera, qu'elle t'attende, qu'elle te donne son nom...

J'ouvre les yeux et dès que je le découvre, oui, je m'obstine à les refermer, concentrant ma volonté sur le rêve qui s'en est allé, je cherche à le retrouver, je fais un effort intrépide et infructueux ; je ne peux pas, je ne distingue même pas l'endroit dans lequel je me trouvais. Mon esprit se refuse à se réveiller et mon corps le lui réclame, s'étend. Je sens un étouffement dans la poitrine, la déconcertante gravité du monde, une acidité immense qui ne me quitte pas. J'ai du mal à respirer, je me découvre et le froid s'infiltre immédiatement dans chaque parcelle de mon corps. Je sens mes yeux liquides, une chaleur extraordinaire me monte aux joues, descend jusqu'à mes lèvres sur lesquelles elle dépose du sel. Je ne me rappelle rien, je reste un long moment immobile, je respire profondément et tente de contenir la souffrance de ce cauchemar, une sorte de douleur très ancienne, inconnue et également insurmontable. Mon corps transpire, je me lève de la chaise où je me suis endormi, je marche dans la pièce comme un dément en quête d'aide et finis par m'asseoir sur le bord extérieur du lit. De là, je contemple, à travers les vitres couvertes de givre, un ciel gris et rigide comme un linceul crasseux. Il est quatre heures trente-cinq à ma montre. Je me lève, me dirige machinalement vers mon bureau. Je tire le siège et m'assieds. Les larmes s'arrêtent de couler, je ne sens plus mes lèvres salées. Paris dort encore, se repose en oubliant notre souffrance à nous tous qui vivons avec lui et avons auparavant quitté notre pays. J'allume la petite lampe qui se trouve près de moi, l'incline, cherche une feuille de papier et une plume. Je commence à écrire, je ne sais pas bien pourquoi je le fais ou si c'est juste l'instinct, à nouveau, qui me pousse. Je griffonne agilement, pressé, d'une écriture fine que je distingue à peine. Oui, je fais une description plus ou moins complète de cette sorte de rêve d'outre-tombe. J'achève. Je regarde à nouveau l'heure : cinq heures cinq. Je mets enfin mon stylo de côté, plie la feuille de papier et la range.

Cette nuit ils m'ont emmené pour la deuxième fois. Auparavant, je m'étais vu dépouillé d'une sensation ancienne : avoir un corps. Alors, sans le savoir, je voulais le récupérer. Je l'ai su en même temps que je me dépouillais de lui et *aujourd'hui* je le maintiens vivant dans le souvenir uniquement. Je suis comme ça depuis de nombreuses années. C'est pour cela que j'écris.

Ce fut quelques jours après cette excursion à La Partida, je ne me rappelle pas quand avec exactitude ; peut-être la nuit avant notre départ de La Paz cet été, le dernier. C'est possible. C'est de toute façon une nuit semblable à la précédente, comme le sont toutes celles que nous contemplons dans la vie. Elles sont une seule et même nuit ; c'est nous qui sommes différents.

Dans la Ford, nous nous retrouvons, comme toujours : Octavio et Solón à l'arrière, et moi entre eux ; Cecilio conduit et Hugo rit à côté de lui, il n'est pas encore mort. Il fait une chaleur insupportable et l'air est saturé de vapeur. La voiture tangue sur la route ; soudain quelques lumières rapides en face de nous trouent le brouillard et fuient. Comme eux, je ne suis plus substance, nous avons fêté ça auparavant, ils l'ont fêté pour moi, unanimes et jubilatoires. Nous sommes également heureux cette nuit où la chaleur de l'été embue les vitres de la Ford : nous sommes égaux, frères ou hommes, je ne sais pas, nous sommes semblables, les corps unis, vaincus, nous exemptent de notre fracture, celle de l'innocence. Cecilio se concentre sur la route, suit les bandes blanches délavées qui le fragmentent, j'observe ses mains solidement accrochées au volant, j'entends les rires, les termes indécents que nous échangeons, le consensus de mensonges ; tous parlent à tort et à travers, je ris avec eux. La Ford tangue. Nous sommes arrivés, nous franchissons une palissade. Au bord du chemin nous regardons les taudis, leur polychromie de lumières qui traversent le terrain vague et la musique d'une fanfare qui raye l'horizon, la noire épaisseur. Cecilio arrête la Ford et Hugo, avec son gros ventre, descend le premier, derrière lui vient Solón, puis moi. On voit très peu de voitures, ce doit être un lundi ou un mardi, on n'entend pas les allées et venues des hommes, personne ne vocifère. Avec plus d'assurance que la première fois, nous entrons dans El Ranchito, à l'intérieur on entend de la musique, certains jouent aux cartes ou boivent une bière, deux couples dansent tout en se pelotant sur la piste au rythme de l'orchestre. Nous découvrons plusieurs femmes seules qui s'ennuient dans leurs niches, une jambe repliée en arrière, appuyée contre le mur, attendant *leur* homme. Elles exhibent, sans y prêter le moindre intérêt, leurs genoux ou leurs cuisses gainés de bas noirs et de jarretières ; vous sourient une seconde puis se retournent, cessent de s'intéresser à vous, en regardent un autre, tirent une bouffée de leur cigarette, méprisantes. Hugo, effronté et astucieux, ne dit à personne ce qu'il va faire, nous le voyons simplement se diriger vers l'une d'elles. Il lui dit quelque chose, elle acquiesce d'abord mais refuse aussitôt. Ils parlent, jouent avec les mots, négocient. On les voit finalement sortir par la porte arrière de El Ranchito ; Hugo tourne alors la tête et nous sourit en se laissant prendre par la main. Il est heureux, ce mort est alors heureux et ne sait pas, cependant, qu'il est mort, il n'a pas idée qu'il sera très bientôt raide dans la tombe. Nous nous regardons immédiatement ; j'observe le visage d'Octavio, incrédule, aux sourcils rapprochés, il fait un geste et hausse les épaules sans dire ce qu'il pense. Cecilio s'approche de moi et me demande sur un ton malicieux :

« Et toi ? Tu n'en chasses pas une autre, Fede ?

— Pas ici », lui dis-je avec un aplomb feint, désagréable pour mes quatorze ans.

J'en profite pour lui tourner le dos et commence à me diriger vers la sortie. J'imagine leurs visages sceptiques, Cecilio se moquant de moi dans un commentaire et Octavio fêtant l'exploit du petit. Je traverse seul le terrain sur lequel sont garées quelques automobiles. En touchant ma chemise, je remarque qu'elle est collée à mon corps et sent le goudron. En haut, El Ferry est annoncé en grosses lettres lumineuses. Je connais les lieux, il n'y a pas si longtemps, pas longtemps du tout, que je suis venu. Je reconnais la piste déserte et j'entends jouer le même juke-box lointain, tranquille et harmonieux, sans troubler la paix qui investit cette enceinte d'amour. On voit juste quelques prostituées bavarder entre elles avec un ennui sophistiqué. Personne n'a l'air de remarquer cet adolescent qui croise les mains, redresse le dos et tente de faire plus que son âge. Je commande une bière au comptoir. Le barman me l'apporte immédiatement. Je sors un billet et le lui tends, ramasse la monnaie et la mets avec indifférence dans ma poche. Je nettoie avec ma manche le goulot de la bouteille et comprends en même temps que je n'aurais pas dû faire ça ; je la porte à mes lèvres, fais un énorme effort pour en boire la moitié d'un seul trait. Il me vient une nausée indescriptible, je m'appuie au comptoir et ferme les yeux pour contrôler l'amertume de mon palais. Un instant plus tard je me retourne vers la gauche et la regarde, c'est à nouveau *elle*, elle m'observe de ses yeux noirs, ses yeux maquillés et profonds, recouverts par ses longs cils, et se moque de moi. Lentement, elle me prend la bouteille des mains et, sans me demander la permission, commence à boire au goulot. Nous savons tous les deux pourquoi nous sommes là, qui nous attendons. Je lui souris aussi parce que je me sens cette fois beaucoup plus en confiance et le lieu est devenu familier, avec elle à mes côtés. En la revoyant dans sa longue robe violette, les bretelles qui lui traversent les épaules, les chaussures à petits talons qui allongent sa silhouette svelte, maigre, ses dents incroyablement blanches et alignées, son teint mat, ses yeux qui brillent *jusque-là*, brisant l'épais sens du temps, la bouteille tenue en l'air, je me sens enfin protégé par une femme et sur le point de l'aimer comme si nos deux âmes s'étaient toujours connues et se comprenaient.

Je lui prends soigneusement la bouteille des mains et bois ; le barman ne prête pas attention à mes mouvements, il travaille ou fait semblant. Elle me prend la main gauche et je me laisse conduire en sachant ce qui m'attend. Mon corps brûle. Nous traversons ensemble l'étroit couloir en béton qui conduit à la rangée de chambres. Nous ne parlons pas, n'échangeons pas un mot ; nous nous arrêtons à nouveau dans l'anti-chambre. À l'intérieur, une femme âgée, outrageuse-ment maquillée, avec un énorme grain de beauté sur la joue, a remplacé le gros homme. Elle ne s'occupe pas de moi, elle prend le billet que je lui donne pendant que j'aperçois les horribles poils qui recouvrent son grain de beauté. Elle me rend d'autres billets. Je pars maintenant derrière la prostituée, je presse le pas, je la suis. Elle ouvre rapidement une porte, c'est peut-être la même où l'Ordre, comme un tigre prêt à bondir, nous attend. Elle me fait signe d'entrer puis elle avance, sans se précipiter cette fois. Elle ferme la porte et je sens immédiatement sa main derrière moi, doucement posée sur mon épaule. Elle approche sa bouche de mon cou. Au milieu de la chambre elle commence à me déshabiller, les lampes éclairent nos corps, la lumière fait de nous des êtres reconnaissables entre tous. Nous sommes entièrement nus, nous avons laissé nos vêtements par terre et nous nous reconnaissons.

Je l'observe s'allonger sur le lit, languide, belle, et m'attendre. Elle sourit, ses dents apparaissent entre ses lèvres et sa langue humide, très rouge, entre elles. Elle fait une moue joyeuse, hausse les pommettes. Je m'approche, pose un genou sur la partie extérieure du lit puis, très lentement, monte sur son corps. Je sens à nouveau sa chair tout entière palpiter sous la mienne et je la pénètre. Tous les deux prêts, le corps incité par son semblable, son reflet, nous brûlons peu à peu, nous frottons nos peaux comme deux silex. La chaleur humidifie en un instant les parties encore sèches et la chair vibre puis, peu à peu, elle glisse au contact de la sueur que nous sécrétons. Elle bouge, je la suis agilement; nos reins, nos hanches, tous nos muscles vont au même rythme. Elle me prend par les fesses, mes bras entourent ses épaules. Je la serre, elle plante ses ongles, les enfonce, et la douleur que j'éprouve à peine fait naître en moi un plaisir différent, un élan nouveau. Soudain, encore en elle, je sens qu'elle écarte mes fesses, me griffe, puis elle se concentre sur une seule et, sans rien me dire, sans que nos corps cessent un instant de bouger, je sens un de ses doigts avancer en moi, me pénétrer : j'ai un spasme, elle n'arrête pas de pousser une de mes fesses vers l'extérieur, avec force, et je ne peux retenir un gémissement. Mais elle ne permet pas à nos corps de se reposer, elle s'agite toujours ; je me déconcentre quelques secondes, perds la friction et le rythme de la chair : je suis ce qu'elle fait derrière avec moi. J'oublie enfin et, les dents plantées dans son épaule, j'essaie de contrôler cette douleur, la jouissance de mon corps et ses entrailles. Une minute plus tard, je la sens ressortir délicatement le doigt, découvre qu'il n'est plus là car *je me rappelle* un vide, cet instant postérieur à celui où ma mère, au cours d'après-midi chauds et somnolents de mon enfance, introduit en moi un thermomètre pour prendre ma température et le ressort : la première sensation est la perplexité, puis un vide infini. Une seconde plus tard, j'entends un vagissement sourd émaner de mes lèvres.

Je suis encore en elle, dans le repos et la lassitude complète des membres, elle pose sa bouche douce sur la mienne ; nous nous embrassons. Je reste à la regarder pendant un long moment, après seulement j'ose lui demander :

« Comment t'appelles-tu ? »

En mars 2006 j'ai reçu une courte lettre de Selma, ma sœur, dans laquelle elle me transmettait une information laconique : maman était morte, puis elle m'expliquait pourquoi elle ne m'avait pas averti plus tôt, et elle achevait sur un austère au revoir au nom de toute la famille.

Quelque temps auparavant, quand j'ai vécu les dernières années du XX$^e$ siècle à Mexico, les choses n'allaient bien avec aucun des membres de la famille, puis, une fois à Paris, j'avais perdu le contact et je ne recevais – pas toujours – que leurs cartes postales de Noël. Si Paris est asphyxiante, Mexico l'était déjà terriblement à mon départ, fin 1998. Elle était dans la situation du moribond qui ne sait où fuir ni que faire de son cadavre. Je m'interroge : qu'a-t-il pu arriver à ses tristes ossements pendant tout ce temps où j'étais absent ?

Ce n'était certes pas l'unique raison de quitter le District fédéral : il s'agissait, comme dans toute vie ordinaire, de l'amour, des hauts et des bas, et ensuite, quand les choses ont pris une autre tournure, on oublie la véritable cause originelle. Parmi celles-ci, c'est certain, il y a Laila et Octavio. Je crois depuis lors fermement que le monde se meut, en fin de compte, par amour. C'est une maladie latente, elle semble guérie puis, des années plus tard, les séquelles réapparaissent, brutales. Aujourd'hui je ne peux même pas décrire le sentiment étrange, cruel, que j'ai éprouvé quand la lettre de ma sœur est arrivée à mon appartement de la rue Monge. La douleur est devenue insupportable pendant plusieurs heures et n'a diminué qu'au fil des jours ; mais la morsure était là, indélébile. De nombreuses années s'étaient écoulées, de même que l'habitude de n'avoir aucune nouvelle d'eux, et l'abstraction qui fait que nous annulons facilement les émotions, dans la distance surtout ; c'est certain, c'était peut-être pour cela que je ne voyais pas de raisons de rentrer à Mexico. Qui pouvait m'attendre ? *Beaucoup de ce qu'on fait en faveur du souvenir se révèle en dernier lieu comme une écoute de la mort et beaucoup de ce qui veut être consacré à la mort n'est qu'un souvenir, un souvenir inquiet et nostalgique qu'on garde soigneusement, pour qu'il ne se perde jamais,* écrit Broch. Que ferais-je ? Aller sur sa tombe ? Entendre raconter sa fin ou parler de sa mémoire posthume sur d'innombrables lèvres qui avaient envie de raconter, de me parler ? Je ne le souhaitais pas, cela n'avait pas de sens. Le mot de Selma était une sorte d'information, et c'était ce que la famille avait dû ressentir en me l'envoyant. Je veux aujourd'hui me concentrer uniquement sur mon travail, sans que rien ne vienne m'affliger ni s'immiscer dans ma tranquillité, sans apprendre autre chose ni aucun détail. Depuis des années j'avais perdu la trace de ma mère, son souvenir me suffisait ; je ne recevais qu'épisodiquement des nouvelles d'elle. Ou de mon père. Toujours réticents avec moi. Et aujourd'hui ? Que devais-je faire ? Qu'étais-je censé faire ? Qu'attendait-on de moi ? Cela devait-il soudain compter pour moi ? Devais-je être affligé, devenir fou de tristesse ? Non. Mais malgré tout, je dois le reconnaître, je me suis senti très mal, incroyablement désolé. C'était une marée de honte et de tristesse incontrôlables. J'eus des frissons puis vint la fièvre. La peine que provoque la mort d'un être cher dure des jours, parfois des années, reste là quelque part à envahir les souvenirs.

En apprenant mon état et la prostration dans laquelle j'étais tombé fin mars, Volpi, Gürsel et d'autres amis vinrent me voir très souvent ; eux ou leurs épouses, ils s'occupèrent de moi et me tinrent compagnie. J'appréciai, oui, mais dans le fond ils ne comprirent pas, il est impossible pour quelqu'un de partager la douleur, de connaître soudain ce que vous avez vécu auparavant et ressenti pour quelqu'un, les gens ne savent pas, ils ne l'ont pas vécu. Comment est-elle, qui est la personne que tu as aimée, perdue un jour et à nouveau, hors de ton pays, de façon imprévisible, tu la perds pour ne plus la revoir ? C'est irrémédiable, ils ne comprendraient jamais. Les choses et les gens que nous abandonnons un jour ne reviennent pas même avec la mort foudroyante, ils viennent nous blesser, c'est tout, gratuitement. C'est à cela que sert la mort et son souvenir tenace, tout le monde le sait. D'où le fait que nous devrions tous l'attendre quotidiennement, venue d'on ne sait où, d'on ne sait qui, on ne sait quand. Mais nous ne le faisons pas. Et si c'était possible, nous devrions tous rêver du visage diffus de la mort.

Je ne répondis à ma sœur que deux mois plus tard. Je ne lui disais rien d'autre que merci, je suis au courant. Je ne désirais pas approfondir quoi que ce soit, récriminer contre son retard ou le manque de détails sur la mort de maman. Ni rien savoir de Selma, de ses enfants ou de mon père. S'ils n'avaient pas compté pendant ces années, si j'étais parvenu à les oublier, ce fut du moins ce que je crus alors, ils ne devaient pas compter pour moi plus qu'avant ; nous n'avions même pas entendu le son de nos voix au téléphone depuis que j'avais quitté Mexico quelques années plus tôt. Et nous avions eu raison, bien que ce fût très discutable et ambigu : il était risqué voire inutile de se retrouver muets sans savoir que se demander, que se dire. Ils devaient penser la même chose ; je ne présentai même pas mes condoléances à mon père.

Deux ans plus tard, je m'en souviens encore nettement, de façon étonnante, vers le milieu de l'année
2008, j'achève ce volumineux ouvrage pour la Sorbonne et finalement, un peu sceptique et désabusé, je
décide de rentrer à Mexico. J'ai laissé, *je m'en souviens*,
le manuscrit à l'imprimerie avec des centaines
d'épreuves corrigées et la promesse qu'ils me l'enver-
raient dès qu'il serait prêt. J'avais sous-loué l'appartement de la rue Monge un mois plus tôt pour
emménager chez Gürsel et sa femme. Je leur donnai
ce que je n'emporterais pas, quelques piles de livres et
un réfrigérateur en très bon état que je ne voulus pas
laisser au locataire. Je partageai le reste entre Volpi et
les élèves et professeurs du Département. Heureusement, cette fois, je crois, il ne restait même pas l'ombre
de l'amour. Je quittais la France sans rien devoir et sans
que personne ne me doive quelque chose. Avec les
amis, il n'y eut jamais de promesse d'un prompt
retour ; mais on le sait, nous ne pourrons jamais savoir
si nous reviendrons un jour ou si nous les reverrons.

À Mexico, les choses furent difficiles au tout début,
sans travail, sans lieu où vivre et dans l'obligation, malgré moi, de loger quelques semaines chez des amis ou
des parents que je n'avais pas vus depuis des années.
J'étais un étranger dans mon propre pays. Six ou sept
mois plus tard je trouvai un petit appartement meublé
au sud de la ville, dans la bande la plus sombre où l'on

projette encore aujourd'hui le *Gran Boquete del Ajusco**.
J'ai obtenu un poste de chercheur à plein temps dans
ce qui était autrefois l'Université nationale autonome
de Mexico, pas loin, et là, dans le Département de phi-
lologie, j'ai repris mon insipide travail solitaire. La capitale est devenue un essaim multiracial, irrespirable et
dangereux, où le temps n'existe pour personne et où,
en revanche, la hâte et le stress constituent l'ordinaire.
C'est à partir de ce moment que les faits se produisent
exactement comme je vais les rapporter *aujourd'hui* :

En septembre 2009, quinze mois après être revenu
de Paris, déjà installé, ma tante Frida et mon oncle
David m'invitent à fêter *Roch hachana* en famille.
Dans leur maison de Polanco****, il y a des gens que je
n'ai pas vus depuis des années : à part Frida, maintenant âgée, et mon oncle, il y a Aarón et son horrible
femme, Ruth, Emilio, qui a divorcé il y a quelques
années, ma sœur, son mari et leurs deux enfants, trois
autres sœurs de ma mère, célibataires, très âgées maintenant ; leurs enfants et leurs petits-enfants, que je
n'avais jamais vus. Je m'assieds entre eux, étrange cin-
quantenaire à la présence inhabituelle depuis des

---

\* Projet de développement urbain consistant à perforer l'Ajusco,
énorme montagne située au sud de Mexico, afin de faire circuler
l'air du nord au sud de la capitale asphyxiée par la pollution stag-
nant dans la vallée. Ce projet ne s'est jamais concrétisé.
\*\* Quartier aisé de Mexico.

années à ce genre de dîners. Quand ma mère est morte, il semble que mon père ait également cessé d'y participer. Je me rappelle *aujourd'hui* l'obligation morale – tout était affaire de morale pour mon père – que c'était pour lui d'assister à un de ces dîners avec un genre de nourriture qu'il avait toujours détesté et dont il devrait, au passage, remercier par des compliments auxquels il ne croyait pas. Il lui faudrait aussi rester debout, lui qui a toujours eu des problèmes de colonne vertébrale, pendant toute cette longue prière inintelligible qui précède le repas et qu'il n'a jamais appréciée. Les enfants de Selma ont reçu une éducation typiquement juive, son mari est juif ; mais elle fête encore Noël avec la famille de mon père comme nous le faisions autrefois, tous les deux. D'un côté *Rosh hachana*, *Yom Kippour*, et de l'autre, Semaine Sainte et Nouvel An. Je crois malgré tout que nous n'avons jamais rien souhaité d'autre que de revivre un souvenir, celui de l'enfance, celui de notre adolescence, de nous identifier à lui, de là précisément notre nostalgie. C'est peut-être ça, la foi, la véritable religion. Je ne me l'explique pas.

Très tard, peu avant minuit, après la prière qu'Aarón et un de ses fils ont récitée en hébreu, nous dînons. On mange à satiété les délicieuses feuilles de vigne que les femmes ont préparées avec soin ; les haricots, les boules de matzá dans leur bouillon, le poulet dans son jus appelé *yash táyam*, une énorme cuisse d'agneau, une sorte de savoureuses boulettes de viande que sont les *quipe basha* et le *meshi méshmor* : délicieuses citrouilles farcies de viande et de riz servies avec des pêches, de l'extrait de tamarin et des prunes, banquet qui adoucit ce début d'an juif. Enfin, après les desserts, le très sucré *baklawa* et le café turc, plusieurs d'entre nous passent dans la salle qui jouxte le séjour pour y regarder de vieux albums de famille. Entre tantes et neveux qui gambadent ou se traînent à mes pieds, je tourne les feuilles rigides ; je reste songeur en voyant ces photos rongées sur les bords, jaunies. Oui, le plaisir et la cruauté du temps. Nous continuons à regarder les photos pendant un long moment, je tourne calmement les feuilles, avec une certaine mélancolie. Je finis par m'arrêter sur l'une d'elles avec horreur, plein d'une certitude douloureuse qui monte dans mon âme sans prévenir. Je reste un instant absorbé devant elle, sans tourner les pages de l'album. Les yeux des autres attendent avec impatience que ma main tourne la page, dans l'expectative. Sur la photo, on voit plusieurs jeunes gens debout, souriant autour d'un énorme gâteau qui décore une table au milieu d'une piste. C'est une photo assez froissée et ancienne ; au bas, on lit : *novembre 1949*.

« C'est ta mère le jour de son anniversaire. »

Je n'ai pas eu besoin de l'entendre pour confirmer. J'avais déjà contemplé ce visage auparavant et n'avais pas su l'identifier : c'était la jeune fille de dix-huit ou dix-neuf ans dont j'avais rêvé à Paris. Il n'y avait pas le moindre doute, c'était elle, et ce visage à peine aperçu était là : yeux profonds, cheveux sombres crépitant sous le reflet d'un arc-boutant, la chaleur du visage, le corps gracile et la même robe, violette, brodée, avec des pois et des franges.

Je retrouve la mémoire et recouvre immédiatement l'abîme : c'était *elle* cette nuit, oui, dans cette immense obscurité de mon rêve et je m'en rends à peine compte, après tant d'années. Je cherche ma sœur parmi les autres et la regarde parler à une de mes tantes dans le séjour :

« Selma, quand maman est-elle morte ? »

Elle me regarde, déconcertée, ne semble pas entendre mes paroles, peut-être lui paraissent-elles absurdes et attend-elle. Je crie à nouveau et, troublant subitement la paix de cette maison, je l'interpelle, les yeux exorbités :

« Dis, quand maman est-elle morte ?

— Quoi ? Attends, je ne sais pas, laisse-moi réfléchir, Federico, me répond-elle tout en s'efforçant de chercher dans sa mémoire.

— En février 2006, si je ne me trompe pas, dit Frida, consternée.

— Que t'arrive-t-il ? demande mon oncle David.

« – C'était le 23, l'interrompt ma sœur. Le 23 au soir. Maintenant calme-toi, Federico et dis-moi, que se passe-t-il ?

– Rien, Selma, rien... Maintenant j'en suis sûr, mais je dois aller vérifier à la maison. »

Tout le monde me regarde dans la pièce, mes yeux encore absorbés par la photographie en noir et blanc, fixés sur le visage de cette femme dans un salon dont j'ai rêvé trois ans plus tôt et dont je me souvenais à peine. Je pose l'album et je sors, sans dire au revoir à personne. C'était une prémonition et je sais ce que je dois faire *aujourd'hui* ; je sens la chaleur me monter aux tempes et les veines de mon cou sont sur le point d'éclater, j'ai la respiration entrecoupée. Je descends l'escalier sans attendre l'ascenseur, sors de l'immeuble et prends la voiture de Polanco jusqu'à Ajusco. J'appuie sur l'accélérateur avec l'amère certitude de celui qui sait ce qu'il va trouver, la réponse à son désir le plus profond et le plus insondable. Le périphérique est interminable, un circuit éternel que je dois parcourir. J'arrive enfin, je quitte la voiture, je monte en sueur, en proie au vertige, et j'ouvre la porte de l'appartement ; les nerfs et la peur m'empêchent d'agir, me tenaillent. Tout est prêt pour me répondre ; tout, depuis mon enfance. Une terreur que je n'avais jamais ressentie m'oppresse, une peur viscérale. J'ai les mains moites et je ne parviens pas à contenir un instant la véhémence et l'excitation avec lesquelles je fais les choses.

J'ouvre les tiroirs du bureau, j'éparpille les livres sur les étagères, les jette à terre ; je sors des classeurs, de petites boîtes que je conserve depuis de longues années. J'ouvre un placard et finis par trouver ce que je cherche : pliée au fond d'une boîte, il y a cette feuille que je n'ai jamais relue et sur laquelle j'ai écrit, trois ans plus tôt, la douleur incalculable que m'avait provoqué un cauchemar, un cauchemar comparable uniquement à la souffrance due à la mort de quelqu'un ou à une perte irréparable et éternelle. En petites lettres, un griffonnage presque indéchiffrable, il est écrit : *23 février 2006. Je viens de me réveiller. Je finis d'écrire à cinq heures cinq du matin. Paris.*

Je le sais comme une marque d'adversité qu'il est inutile de vérifier : à cette même heure, juste en me réveillant de mon rêve, quelques secondes auparavant, ma mère est morte. Je lis le texte un peu raturé : « Tout est sombre et il fait un froid de caverne, d'outre-tombe, ou du moins comme on imagine qu'il peut geler dans la mort, dans l'enfer. Je marche dans ce couloir lugubre qui ne permet même pas d'apercevoir un rai de lumière ; *il n'y a que moi*, Federico, qui peux en même temps me contempler en train de marcher jusque-là. J'ai peur pour une raison inextricable, mystérieuse, et je me protège avec les bras. De cette façon la peur finira peut-être par s'en aller. Mais pas encore. *Je me touche*, c'est toi, Federico, même si tu as l'air soudain étranger, même si tu feins d'être un autre. Je ne parviens cependant pas à prendre une autre direction que celle *par où mes pas t'emmènent*, Federico, comme un aimant ; ils prophétisent, indiquent, te conduisent avec assurance dans ce couloir long, obscur, infernal. Tu ne tardes pas à savoir que tu es exposé aux intempéries, le couloir donne sur une rue solitaire et large, également sombre, où il n'y a pas âme qui vive et où l'on n'entend pas un bruit. Toi, *c'est-à-dire moi*, tu continues et tu ne sais pas pourquoi tu ne t'es pas arrêté, pourquoi tu ne t'arrêtes pas. Et si tu le faisais, par où continuerais-tu ? Rentrer ? Mais où ? Tu ne sais pas d'où tu viens, Federico... » J'interromps ma lecture, car j'éprouve soudain quelque chose comme une illumination ou une très forte impression. Je ferme les yeux et *je me vois en train d'écrire ce fragment : je le fais aujourd'hui-même*, en février 1975, à 4 h 53 du matin, je suis sur le point d'achever la description d'un rêve, horrible souvenir, oui, une sorte de nostalgie du futur. J'achève *Les Prières du corps*, dont la fin est en même temps la description détaillée du rêve sur lequel je me suis réveillé aujourd'hui, 23 février 1975 : « Alors tu devines soudain le véritable motif de toute l'histoire : il s'agit d'un rêve, Federico. Tu découvres que tu as vécu dans *mon rêve* et tu te le rappelles, il se révèle à toi comme une chose étonnante et aussi comme un lest intransportable. Tu ne supportes pas le mensonge dans lequel tu es pris, et cependant, qui est le coupable ? *Moi, peut-être ?* Tu es submergé d'angoisse, d'inquiétude, tu perds contenance et tu lui demandes désespérément de te donner son nom, oui, son nom... Tu la presses. Tu iras la chercher après, tu le lui dis, quand tu te réveilleras. Elle n'a pas l'air de comprendre, elle sourit d'un air sceptique. Tu l'observes fixement, tu ne veux pas oublier ses traits, ses tempes, ses dents bien alignées et mates, son expression, le mystérieux climat de son corps, son regard profond et sombre, tu voudrais les saisir pour toujours, n'est-ce pas ? Tu contemples ses cheveux : ils crépitent sous l'arc-boutant de lumière, encadrent son visage. Tu ignores encore qui peut être cette femme, et à ce moment-là seulement, l'espace d'un instant, tu crois la reconnaître, tu pressens quelque chose, oui, tu ne sais quoi, un faible balbutiement, tu l'as toujours regardée mais tu ne te rappelles pas encore où, tu ne sais pas qui elle est. Elle remue les lèvres et veut te dire quelque chose. Tu ne l'entends pas, tu t'approches d'elle. Tu veux l'étreindre, tu ne peux la perdre ainsi, facilement, pour toujours. Peu à peu ce froid d'outre-tombe t'envahit. Cette fois tu prêtes davantage l'oreille, tu frôles ses lèvres de ton oreille mais tu ne l'écoutes pas, tu ne comprends toujours pas ce qu'elle veut te dire. Elle parle encore et en même temps tu la vois s'éloigner, elle disparaît, ou alors c'est toi, Federico, c'est toi qui t'en vas bien que tu l'étreignes et que tu la serres contre toi. Tu l'aperçois, encore plus loin, floue. Elle, ton véritable amour, ta vie, s'estompe, disparaît. Ou c'est toi qui disparais. Tu implores son prénom, tu l'appelles, tu cries que tu iras la chercher plus tard, que tu iras la chercher où que ce soit, où elle te le demandera, qu'elle t'attende, qu'elle te donne son nom... »

Je sens qu'elle m'étreint à nouveau, plus fort, et qu'elle me répond :

*Je m'appelle Magda, Magda Gómez, j'observe ses yeux noirs, profonds comme la nuit, les plus chaleureux et les plus amoureux qui se soient jamais posés sur moi. Je comprends pourquoi elle s'appelle Magda Gómez et je découvre au tréfonds de mon âme que je l'aime. Elle me dit :* « Je suis ton désir, ne le sais-tu pas ? Tu es mon mari, mon frère et mon fils, à partir d'aujourd'hui tu ne t'appelleras plus Federico mais Israël parce que je t'ai engendré et que je t'aime. »

*Février 1975*

## Notice bio-bibliographique

Né à Manhattan, New York, en 1967, après des études de lettres et de langues à l'Unam (Université nationale autonome de Mexico), Eloy Urroz devient docteur en littérature hispano-américaine à l'université James-Madison, en Virginie. De 1994 à 1996, avec Jorge Volpi, Ignacio Padilla, Pedro Ángel Palou, Vicente Herrasti et Ricardo Chávez Castañeda, auteurs et amis de sa génération, il fit partie du Groupe du *crack*, onomatopée venant faire écho à la génération précédente, celle du *boom* latino-américain. Leur Manifeste se réclame d'une écriture dépouillée, déterritorialisée et plus ouverte à d'autres centres d'intérêt que le Vieux Monde. Ils défendent un roman ambitieux, à la structure complexe, mais sachant maintenir une complicité avec le lecteur. Ils renoncent au néoréalisme nord-américain et au réalisme magique, souhaitent la rupture (le *crack*) avec leurs aînés, mais dans une continuité exempte de toute dimension polémique et non dénuée d'un certain humour.

Eloy Urroz a publié trois recueils de poésie en 1998 : *Ver de viento*, *Sobre cómo apresar la vida de las estrellas*, *Yo soy ella*, quatre romans : *Las Leyes que el amor exige* (1993), *Las Rémoras* (1996), *Herir tu fiera carne* (1997), *Las Almas abatidas* (2000), et deux essais : *Las Formas de la inteligencia amorosa* : D. H. Lawrence et James Joyce (1999) et *La Silenciosa Herejía* : *forma y contrautopía en las novelas de Jorge Volpi* (2000). Il travaille actuellement à un nouveau roman, *Un siglo trás de mí*, grande saga familiale écrite par une jeune femme judéo-chrétienne et mexico-américaine.

Achevé
d'imprimer
en octobre 2001
sur papier Idra par
l'imprimerie Canale
& SpA de Turin
en Italie

e-mail : info@1001nuits.com
Notre site Internet : www.1001nuits.com

N° d'édition :15970
49.4722.01.2

Ville de Montréal

URR

**MR** **Feuillet
de circulation**

À rendre le

| | |
|---|---|
| . . SEP. 2002 | |
| 1 0 OCT. 2002 | |
| 3 0 OCT. 2002 | |
| 2 7 NOV. 2002 | |
| 0 7 JAN. 2003 | |
| 0 4 FEV. 2003 | |
| 2 5 FEV. 2003 | |
| 1 0 SEP. 2004 | |
| 1 8 NOV. 2004 | |
| 2 1 OCT. 2004 | |
| | |
| | |
| | |
| | |

06.03.375-8 (05-93) ♻